JN071048

日本の地名詩集

——地名に織り込まれた風土・文化・歴史

金田　久璋
鈴木比佐雄　編

コールサック社

日本の地名詩集

——地名に織り込まれた風土・文化・歴史

目次

第一章　沖縄・奄美の地名

第二章　九州の地名

第三章　四国・中国の地名

第四章　関西の地名

第七章　東北・北海道の地名

第一章　沖縄・奄美の地名

芭蕉布

上京してからかれこれ
十年ばかり経っての夏のことだ
とおい母から芭蕉布を送って来た
芭蕉布は母の手織りで
いざりばたの母の姿をおもい出したり
暑いときには芭蕉布に限ると云う
母の言葉をおもい出したりして
沖縄のにおいをなつかしんだものだ
芭蕉布はすぐに仕立てられて
ぼくの着物になったのだが
ただの一度もそれを着ないうちに
二十年も過ぎて今日になったのだ
もちろん失くしたのでもなければ
着惜しみをしているのでもないのだ
出して来たかとおもうと
すぐにまた入れるという風に
質屋さんのおつき合いで
着ている暇がないのだ

山之口　貘（やまのくち　ばく）

1894年〜1963年。沖縄県生まれ。詩集『定本山之口貘詩集』『鮪に鰯』。「歴程」「山河」。沖縄県那覇市で育ち、東京都練馬区などに暮らした。

不沈母艦沖縄

守礼の門のない沖縄
崇元寺のない沖縄
がじまるの木のない沖縄
梯梧の花の咲かない沖縄
那覇の港に山原船のない沖縄
在京三〇年のぼくのなかの沖縄とは
まるで違った沖縄だという
それでも沖縄からの人だときけば
守礼の門はどうなったかとたずね
崇元寺はどうなのかとたずね
がじまるや梯梧についてたずねたのだ
まもなく戦禍の惨劇から立ち上り
傷だらけの肉体を引きずって
どうやら沖縄が生きのびたところは
不沈母艦沖縄だ
いま八〇万のみじめな生命達が

甲板の片隅に追いつめられていて
鉄やコンクリートの上では
米を作るてだてもなく
死を与えろと叫んでいるのだ

思ひ出

枯芝みたいなそのあごひげよ
まがりくねつたその生き方よ
おもへば僕によく似た詩だ
るんぺんしては
本屋の荷造り人
るんぺんしては
暖房屋
るんぺんしては
お灸屋
るんぺんしては
おわい屋と
この世の鼻を小馬鹿にしたりこの世のこころを泥んこに
　したりして

詩は、
その日その日を生きながらへて来た
おもへば僕によく似た詩だ
やがてどこから見つけて来たものか
詩は結婚生活をくわへて来た
あゝ
おもへばなにからなにまでも僕によく似た詩があるもんだ
ひとくちごとに光っては消えるせつないごはんの粒々の
　やうに
詩の唇に光つては消える
茨城生れの女房よ
沖縄生れの良人よ

通信

あの世よりも遥かな遠い二万年！

石垣島の白保・竿根田原（さおねたばる）に埋まっていた頭蓋骨は
二万年前の人骨だという
歴史（とき）のはて　列島（ち）の果てからの何という大発見
この小さな島の頼りない海岸線の泥土まじりの洞穴のなかで
いったい　どんな暮らしがあったのだろう
何をよすかに日々をすごしていたのだろう

寂しかったにちがいない
島は　ただ　空と海
青いひかり　この白骨の人たちは
なぜここにいるかもわからず
あまりにも孤絶である故　あまりにも無力である故
さびしさは骨身に徹し　ただただ
海や山への恐怖と思慕にふるえていたにちがいない

今　その骨と頭蓋骨が発見され
「わたしたちは二万年前　この地に
さびしく生きていたのだよ」とメッセージが寄せられる

何という驚くべき通信！
何という驚くべき事実！

歴史（とき）のはて　列島（ち）の果てからの　はるかな
白い呼び声が
切ないいのちの連続性が　深々と身にしみわたる

八重　洋一郎（やえ　よういちろう）
1942年、沖縄県生まれ。詩集『日毒』『血債の言葉は何度でも甦る』。詩誌「イリプスⅡ」。沖縄県石垣市在住。

きてみれば

沖縄本島南部の海岸線はほとんど岩の崖である
人々はこんなところにまで戦(いくさ)に追い詰められてきたのだ

きてみれば
断崖絶壁　その向こう
青空ばかり　足もとの岩は崩れて　石片が激しく尖る
もう鳥になるほかないのか
傷ついた羽をひろげて

きてみれば
赤い地の涯て　その下は
潮騒ばかり　繰り返す光するどく　白波が目につきささる
もう盲(めし)いるほかはないのか
手探りも風にふるえて

きてみれば
白骨世界　その深く
寂静(しずけさ)ばかり　草かげに声を失い　祈りさえむなしくかげろう
ただ眠るほかはないのか
骨々の若い歳月

註
六十何年か前　初めて「健児の塔」を訪れた
崖下(がけした)の底にゴツゴツした洞穴(ガマ)　鉄の欠片(カケラ)や白いもの　その真上に塔があった　その時　きこえたしずけさが　今　やっと言葉になって…

与那覇湾
―ふたたびの海よ―

かわかみ　まさと
1952年、沖縄県生まれ。詩集『与那覇湾―ふたたびの海よ―』『水のチャンプルー』。詩誌「あすら」、日本現代詩人会会員。東京都中野区在住。

与那覇湾
幻想（まぼろし）のきらめく詩人の海
沈黙の泡立つ「無」のプラズマ
言葉はわたしの「無」のすきま風
U字型に開けた
入り口は永遠の秩序（コスモス）へ放たれ
出口は瞬間の混沌（カオス）へ還る
まことの言葉は　寄せては返す波間の
雲の影へ折りたたまれる

朝な夕なのリズムは
太陽と月と水の　愛（かな）しいアンサンブル
漁に出るカツオ船の勇姿
焼玉エンジンの乾いた夢　礫（ゆめつぶて）
凪に光るサバニ
ひかえめなざわめき
底抜けに明るい笑顔
夕日に染まる　大漁旗の神々しさ
息が合った収獲とわずかな収入
活きる希望は　空ろな魂の分だけ与えられる
老婆（おばぁ）はとつとつ歌う

まぁんちぃ　まぁんちぃ（ほんとうだねえ　ほんとうだねえ）
ぴっとぅ　ぬ　タマスや（人の魂は）
かんむぬ　くとぅばからどぅ（神様のことばから）
うまりいず（うまれるんだねえ）

空は青い
海は青い
睦びあう魂は　透きとおるほど青い
そんな　のどかな海端の村で
名も無き祖霊たちは
謎めいた航跡を描いて
愚直に生き延びた
宇宙の迷路に追放された
素数のごとく
割り切れない思いを秘めて

今年はカラ梅雨だ
改ざんされた神話のように
ばったばった整備される
珊瑚の屍骸の　痩せた農地

蘇鉄地獄*は
島から追放されたが
化学肥料で色あせた赤土は
年を追ってやせ衰える
恵みの雨は
さとうきびの糖度を薄めるばかり
もくまおうの影に寝そべると
こめかみに潜んだ

干ばつの哀歌（エレジー）が　両つ（ふた）の眼から溢れ
新たな受胎を待ち受ける
与那覇湾の奥座敷へ流れこむ
せめて　生産効率から解放された
手つかずの荒野が欲しい

記憶は熟成すると
たわいない擬態語を口ずさむ
　ばぁんな　んざぁんが　うずがぁ（わたしは　どこに
　いるんだい）
　ずぅずぅ　やー　んかい　ずぅ（さあさあ　家へ　帰ろう）
夕焼け色の思い出は
入道雲の胎内から
しんしんよみがえり
よるべない言葉の敷居を
ひょろひょろ跨ぎ

浮かばれない
無数の死を清める
一滴の　いのちの水になる
んみゃーちい　んみゃーちい（いらっしゃい　いらっしゃい）
のーまいにゃーん　やーんかい（なんにもない家に）
すぅーぬ　みつんぎづにゃーん　んみゃーちい（潮が満
　ちるようにいらっしゃい）

村人（しじん）は
隠れた魂を喚（よ）びおこす
潮騒と雨音の響く
「無」の家で目覚め
沈黙の胎動に耳を澄まし
満天の星を眺め

在るものの息吹を受け入れ
いのちの汗をしぼって
ばてるまで働き
はにかみながら
存在の夢魔を踏みしだき
歌い踊りながら
ふたたびの海へ還る

＊蘇鉄地獄　山と川のない宮古島では、農作物の収穫は気まぐれな雨と台風に左右される。蘇鉄は大干ばつ時の貴重な食料であったが、毒抜きを誤ると致死的な中毒を引き起こした。

哭きうた

1、白鳥（シルトゥイ）

唐旅—それは生きては帰れぬこと
二度とふたたび故郷の地を踏めないこと
そう覚悟して東シナ海の灘を渡る
木の葉のように波にもまれる帆船
傾く舳に一羽の白鳥が止まる
それは鳥に身を化えて、彼方から飛んできたオナリ神
瀕死の兄弟を救うために
姉妹（オナリ）から抜けだした霊魂の化身なのだ
　船ぬ高艫に白鳥（シルトゥイ）ぬ居ちゅん
　　白鳥やあらぬ姉妹（オミナリ）が御霊魂（オスジ）＊

＊

初めて訪れた沖縄で兄はなにを見たのか
軍国少年だった兄　乙種合格の通達を受け、一晩中泣き
　明かした兄。
学徒出陣式で、スタンドから友を見送るしかなかった兄
　—海ゆかば水漬く屍　山ゆかば草生す屍—
戦後13年、摩文仁の丘に立つ兄がみたものは……
紺碧にひろがる大海原
その真っただ中に突っ込んでいく火だるまの特攻機
沖縄に出撃した友の「水漬く屍」が　ありありと

佐々木　薫（ささき　かおる）
1936年、東京都生まれ。詩集『那覇・浮き島』『島—パイパテローマ』。季刊詩誌「あすら」主宰。沖縄県那覇市在住。

その一週間後、届いた電報
「アニ　シス　スグカエレ　ハハ」
わたしは白鳥になれなかった　泣き叫ぶしかなかった
体じゅうの涙をしぼり尽くしても
兄を唐旅から引き戻すことはできなかった

2、魂振り（タマスアビー）

この地では、古くからの習いとして
親しい者が死んだとき、すぐ墓の中に入れない
その傍らで三線を弾き鳴らし
友人知人親戚縁者がかわりがわり唄い踊る
皓々と降り注ぐ月の光を浴びながら
　語りたや　語りたや
　　月の山の端にかかるまでも（仲風節）
死者の耳に口を寄せ、親しく語りかける
死者を抱き起こし、身体をゆする
—肩をゆさぶれ　胸をゆさぶれ　魂（たま）をゆさぶれ
　さ迷いでた生き魂がその肉体にもどるまで　〔略〕

＊琉球では船に白鳥がとまるのはヲナリ神（姉妹）の加護であるという信仰があった。中国では媽祖の神助を示す標し。

辺野古ブルー

うえじょう　晶（うえじょう　あきら）
1951年、沖縄県生まれ。詩集『ハンタ（崖）』『我が青春のドン・キホーテ様』。詩誌「いのちの籠」。沖縄県西原町在住。

誰かが如何にかしてくれる
誰も如何にもしてくれないのです
自ら立ち上がらなければ
何も変わらないのです

奥武山陸上競技場に結集した
4万5千の白い花たち
4万5千の民衆が奥武山に集い
「NO辺野古新基地」の
メッセージボードを揚げ
「我々はあきらめない」と
シュプレヒコールを叫ぶ時
辺野古の青い海が
波打ち、寄せ返してくるように
辺野古の海が海鳴りと共に傾れ込み
競技場は辺野古ブルーに染まった

打ち寄せるシュプレヒコールは
辺野古ブルーの波となって繰り返され
「命かじりちばらなやーさい」の
（命の限り頑張りましょう）
うちなーぐちに溶け込む
沖縄は諦めない

なぜなら
沖縄には琉球の時代から脈々と続く
抵抗の歴史があるから
なぜなら
そこには連綿と続く差別の歴史が
今もあるから

自ら立ち上がった
競技場に咲く白い花たちは
4万5千の白い波しぶきとなって
青い海を　団結の海を
力強く生み出していく

シマ宇宙

中地　中（なかち　あたる）
1948年、徳島県生まれ。詩集『闇の現』『孤高のニライ・カナイ』。日本ペンクラブ、日本現代詩人会会員。千葉県松戸市在住。

久高は神のシマ（島）
太古から海人（ウミンチュ）*1を鎮守する
琉球弧のシマジマから
漂浪の魂（マブイ）が集い
恩寵を授かるシマ

シマの世界は
宇宙に広がり
遥か彼方
ニラー・ハラー*2の始原につづく

安らぎが満ちる真玉（まだま）の杜*3
迷いに溺れる者の意を
悲嘆に沈む者の意を
病魔に自失した者の意を
死の呪縛に病んでいる者の意を
根源から解き放つと
永劫の時から
島人は
島宇宙の幻に侵されているのか

神の想念が支配した世界
神に仮相した擬態が
狭い孤島で
生意の遊戯に没頭し
息をひそめ見逃さない
執念が籠る眼
何を待っているのだろうか

島宇宙は琉歌が奏で
他界（シジガユー）と現世（ナマガユー）を再現する
七つ屋は他界の始原
アシャギナー*4広場は現世の始原
祖霊と生霊が一つの空間で現出する
七つ梯（ななつばし）はあの世（シジガユー）とこの世（ナマガユー）をつなぐ虹の橋
ここは死霊の道
七つの階段を上り現世に戻る
七つの階段を下り他界に還る
不敬な者は畜生の空間に落ち下る定め

母よ

冥府にいる母よ
七つ橋をわたり
父の名を告知してくれ
午年の霜月十五日午前三時
七つ橋は開いている
褐色の砂地に横臥して
何度も
何度も
欣求を唱え続ける
現世で犯した海人（ウミンチュ）の
私怨が消炎し
母の罪が恩寵にくだるまでは

父よ
不明の父よ
おまえの子が泣いている
係累（不知）の苦悩に落ちた古老がいる
七つ屋の祖霊なら
七つ橋を自得しているはず
今こそわが子に……
現時は
この世への道は開いている

わが子よ
生物（いきもの）には見えぬ暗闇で泣いているわが子よ

母の肌を求めに
母の乳を吸いに
七つ梯を下って来ておくれ
もう一度だけ
この躰で抱きしめたい
この胸が折れるほど

聖（ひじり）のシマはウムイ[*5]が支配
いにしえの口承が
海人を
神女を
差配し
島の秩序が闊歩する

島宇宙は現世と他界の幽玄を写して
天と大地の無限を時に同化する観念
観念は基底で慣わしを配下にして宇宙を放さない

＊1　海人、ウミンチュといい、漁業で生計している人。
＊2　ニラー・ハラーとはニライ・カナイを意味する。
＊3　玉のように美しく淡紅色をした杜。『詩歌の起源』前掲三六頁。『おもろさうし全釈』前掲（二〇ノ二七）。主城の内に設けられた御嶽の名称。社殿ができる以前の神社の原初的形態で円錐状または笠状の聖林。『詩歌の起源』前掲　二二頁六～九行。
＊4　アシャギナーとは現世の村落の主な祭場。
＊5　ウムイとは個人の思いの概念が広がり神の言葉を指す。

池間（イキマ）

イキマに生まれイキマにはぐくまれた。
イキマの大自然のふところで自由奔放に遊んだ。
碧い空をあおぎ碧い海にもぐり。
島の世界を津々浦々歩き廻って見聞をひろめ。
イキマの悠久の時空に
野生児の魂を飛翔させた。

稀有の学究がイキマをみごとに丸めた。

「生き生きした島」

「活気溢れた島」

「活力のある島」

「生命のある島」

じつに誇らしくも偉大なるイキマよ！

まさにンヌツニー（命根）の島だ。

たしかに宇宙の生命体系の臍だ。

永久循環のバカバウ（蘇生）の楽土よ！

同志はイキマ民族の
誉れと誇りの歌をかなでる。
家郷でいきいき暮らしても。
海外の異土を漂蕩（ひょうとう）していても活気溢れ。
人類万人に
イキマ民族を名乗って恥じないのだ。
膝をむつまじくまじえて神酒（みき）を酌み交わし。
四海に心眼をひろく開き。
イキマの血脈はいきいき躍るのだ。

伊良波　盛男（いらは　もりお）
1942年、沖縄県生まれ。詩集『幻の巫島』『眩暈』。詩誌「あすら」。
沖縄県宮古島市在住。

うろうろうろ

高柴　三聞（たかしば　さんもん）
1974年、沖縄県生まれ。文芸誌「コールサック（石炭袋）」会員。
沖縄県浦添市在住。

　那覇の国際通りにあるドミトリーハウスで寝起きするようになってもう一年の半分が過ぎてしまった。短大出てすぐに丸の内でOLやってがむしゃらに数年働いてそれから、気が付いたら軽いうつ病になっていた。とうとう辞表を提出して東京を飛び出して沖縄に逃げてきた。なんで沖縄かっていったら、沖縄には満員電車と花粉症がないと思ったから。初めて泊まったドミトリーのオーナーが、面白いおばさんで話も分かる人だったので、いついてしまった。朝、アルバイト代わりにドミトリーの掃除をすると市場や国際通りをうろうろしている。那覇は日本のどこにもないアジアの香りに溢れていた。見たことのない色の魚が食用として売られていたり、豚の顔の皮（初めて見たときは卒倒しそうになった）や壺屋の通りの手作りのやちむんなどがバラエティーに富んでいて楽しい。私はすっかり那覇の街の虜になっていた。そんなこんなで、いつも帰るのは夜遅くなるのであった。

　ある日、いつものように夜遅くドミトリーに戻ってきた時のこと。ドミトリーの建物と隣のコンビニの建物の間が少しあいていて袋地のようになっている所があった。そこで、髪の長い小柄な女の人らしき人影が何だか長くて白いものを胸に抱くようにしてうろうろと歩いているのが見えた。胸元で白くて長いものがぶらぶらと揺れている。何だろうと思ってみているとふっと消えた。私は慌ててオーナーの所へ駆けつけて大根をぶら下げた女の幽霊が出たと訴えた。オーナーは苦笑しながら私の顔を見るでもなく遠くを見るような目つきで答えた。

「それは子供の脚だよ。残りの身体を探す母親の霊だよ。戦争の時に死んだ人さね」

　オーナーは、いつも寝酒に呑むロックのウイスキーを今日は何故か、顔を顰（しか）めながら静かに啜った。

沖縄から　見えるもの

与那覇　恵子（よなは　けいこ）

1953年、沖縄県生まれ。詩集『沖縄から　見えるもの』、評論集『沖縄の怒り―政治的リテラシーを問う』。詩誌「南溟」、沖縄女性詩人アンソロジー「あやはべる」会員。沖縄県那覇市在住。

この空は
だれのもの
この海は
だれのもの

多くを持つ者は　さらに欲しがり
少なく持つ者は　さらに奪い取られる

今日も　きりきりと　爪を立て
沖縄の空を　アメリカの轟音が切り裂いていく

切り裂かれた空から
したたり落ちる
血

傷だらけの空を抱えて
立ちすくむ
わたしたち

はるかに広がる水平線

ニライカナイの神に祈る

この海を守って……

すでに白い砂浜はコンクリートの灰色の塊
海は苦痛に顔をゆがめる

遠くで　叫んでいる人たち
美しい国　日本!!

小さな島の空と海を
長い手を伸ばして　引っかき回しながら
魚たちがキラキラ泳ぐ大浦湾を
何百台もの大型トラックで埋め立てながら
慶良間諸島を国定公園に指定する

持っていたカミソリで
切りつけあい
もらった手榴弾を
爆発させあい

あのとき流れた赤い血を
青い海が　薄めていく*

あの戦争を反省するのは　やめましょう
自虐的史観といいます
平和とは守るのではなく攻めるものです
積極的平和主義といいます
憲法九条は戦争を防いでいるのではありません
防衛をじゃましているのです

造りあげられた空々しい言葉は　しかし
繰り返され　拡声され
小さな島々を　伝わっていく

金子光晴は嘆いた
さびしい国　日本

あの人たちは叫ぶ
美しい国　日本

沖縄からは日本がよく見える
と　人は言う

水平線のかなた
あなたのいるそこから
今
どんな日本が　見えているのだろう？

＊慶良間諸島では日本軍の「玉砕方針」の命により、米軍の捕虜となることを恐れ、身内同士が殺害し合い自決する「集団自決」が起こった。

いのちの木

――渡嘉敷島にて

沖縄戦の「集団自決」という住民虐殺の現場を訪ねる
スタディツアー
那覇の泊港から高速船三十五分ほどで着いた
ひょうたんを半分に割ったように見える島
渡嘉敷　阿波連　渡嘉志久の三つの集落からなる
北側は三百メートルを越す山々が連なり
深い渓谷をつくっている
その谷あいが「住民虐殺」の現場となった

阿波連の浜へ出てその明るさに息をのんだ
珊瑚が細かい砂になりひろがる真っ白な浜
十月初め浜は夏そのもの
　観光をしたい人は別の機会に来てください
講師の厳しい声に身を引き締めていた

「集団自決跡地」の碑の前に立つ
島民集合を命じ「集団自決」へ追いやった
海上挺進第三戦隊長赤松嘉次は米軍に降伏し捕虜になり
戦後を生き延びている
碑から谷へ降りる沢筋へ島民は追い詰められ
パニック状態へ陥って行った
「手榴弾、小銃、鎌、鍬、剃刀などを持っている者は
まだいい方で、武器や刃物を持ち合わせない者は、縄で
親兄弟の首を絞めたり、首を吊ったり、この世の出来事
とは思えない凄惨な光景の中、自ら命を断っていった」*

少し沢へ降りた
講師は立ち止まり　一本の木を指さした
　この木が死に切れなかった人を殺した木です
縛り付けて殴ったりしたという
薄暗い森のなか
島民のいのちの行く末を伝える無言の証人
その木の周りだけ　ぼおっと明るさを増していた

＊渡嘉敷村ホームページ「集団自決」参照

日高　のぼる（ひだか　のぼる）
1950年、北海道生まれ。詩集『どめひこ』『光のなかへ』。
二人詩誌「風（ふう）」、「いのちの籠」。埼玉県上尾市在住。

ニライカナイ

鈴木　文子（すずき　ふみこ）
1942年、千葉県生まれ。詩集『海は忘れていない』『電車道』。日本現代詩人会、詩人会議会員。千葉県我孫子市在住。

——ウフ　アガリ島
　島に向って飛んでいます
　そちらから　私が見えますか
　「ウフ」は大きい　「アガリ」は東

楕円形の南大東島は
二〇〇〇メートルの深海から盛り上がった
サンゴ礁の島
大東諸島で一番大きな島
沖縄本島から三九〇キロ
那覇から飛行機で一時間
船で太平洋を揺られると十三時間

島の周囲は断崖絶壁
船は接岸できず
乗船客はコンテナに吊り上げられ
積み荷と共に着岸すると言う
死者の魂がたどり着く楽土
ニライカナイ*の伝説がある島

——あなたに会いたくて
　空を飛んでいます

　「ダイトウビロウの木は
　ビンロウジュと呼び
　島んちゅの宝」
宿の主人は車を飛ばしながら
ビンロウジュの由来を語った
さとうきび畑を抜けると
海にそびえ立つビンロウジュ
神が宿るという　島一番の古木
直径一メートルはあるだろう
シュロの木に似た大木だった
潮風に揺れる葉を　見上げれば
掌に似た葉がキラキラ
キラッ　キラッ　キラキラ
木漏れ日が舞いながら降って来る

ここは　ニライカナイ
やって来ました　命の故郷
魂がたどり着くという　東の彼方
——あなたが逝って　四十五年

＊奄美・沖縄地方で海の彼方にあると信じられている楽土

上空から

南島に向かう飛行機の窓から
下界を見はるかす
大きな島の上には大きな雲がかかり
小さな島の上には小さな雲が浮かんでいる
島　しま　シマ　と声に出すと
水の匂いがする

海に囲まれ　湧き出る水の　南島を想う
潮の声風の声を聴きながら
海路を行き通う大昔の島人は　とても元気で
子孫を絶やすこともなかったろう
台風や津波で壊れた家も
村中総出で　一日のうちに建て直した

いま日本列島は　人が減るばかり
母の故郷　奄美大島西古見村の人口も
戦前の一時期一四〇〇人余り
現在は高齢者ばかり三五人ときく
やがて無人の里になってしまいそう

近頃　制服姿の自衛官が
一軒だけ村にある店へ　買物に来るそうだ
この僻村にまで駐留するのが　なぜか怖い
それでも　人の姿が見えるのは嬉しい
と　店主は言う

悪政に堪えかねて
沖縄人は最近　結集して両開きの扉を押し開けた
奄美人も昔から　幾度も開かずの門を開いている

清らな水の記憶よ甦れ
列島人の誇る　〝結い〟の文化よ甦れ
滾り立つことばの　結束の力を信じよう
機内の座席に身を沈め
もう一度祈りを込めて
シマ　とつぶやく

田上　悦子（たがみ　えつこ）
1935年、東京都生まれ。詩集『ドマネの歌』『女性力（ウナグヂキャラ）』。詩人会議、日本現代詩人会会員。東京都調布市在住。

第二章　九州の地名

有明海の思ひ出

馬車は遠く光のなかを駆け去り
私はひとり岸辺に残る
わたしは既におそく
天の彼方に
海波は最後の一滴まで沸(たぎ)り墜ち了(をは)り
沈黙な合唱をかし処(こ)にしてゐる
月光の窓の恋人
叢(くさむら)にゐる犬　谷々に鳴る小川……の歌は
無限な泥海の輝き返るなかを
縫ひながら
私の岸に辿りつくよすがはない
それらの気配にならぬ歌の
うち顫(ふる)ひちらちらとする
緑の島のあたりに
遙かにわたしは目を放つ

夢みつつ誘(いざな)はれつつ
如何にしばしば少年等は
各自の小さい滑板(すべりいた)にのり
彼(か)の島を目指して滑り行つただらう

あゝ　わが祖父の物語！
泥海ふかく溺れた児らは
透明に　透明に
無数なしやつぱに化身をしたと

註　有明海沿の少年らは、小さい板にのり、八月の限りない干潟を蹴つて遠く滑る。しやつぱは、泥海の底に孔をうがち棲む透明な一種の蝦。

伊東　静雄（いとう　しずお）

1906年～1953年。長崎県生まれ。詩集『わがひとに与ふる哀歌』『夏花』。「日本浪漫派」「四季」同人。長崎県諫早市で育ち、大阪府堺市などに暮らした。

谷川　雁（たにがわ　がん）

1923〜1995年。熊本県生まれ。詩集『天山』、評論集『原点が存在する』。神奈川県川崎市などに暮した。

阿蘇

今では煙突の風ぬきといっしょに廻転している
神が　かつていじくった途方もない土器
そこにはゆうひのような異族の酒があり
ドイツ語の読本をしゃべる杉が生え
いのちをかるめら焼にする火が走っているというのに
人々のお尻はちっとも熱くなってこないのだ。

――西日本新聞　昭和三一年二月一日

東京へゆくな

ふるさとの悪霊どもの歯ぐきから
おれはみつけた　水仙いろした泥の都
波のようにやさしく奇怪な発音で
馬車を売ろう　杉を買おう　革命はこわい

なきはらすきこりの娘は
岩のピアノにむかい
新しい国のうたを立ちのぼらせよ

つまずき　こみあげる鉄道のはて
ほしよりもしずかな草刈場で
虚無のからすを追いはらえ

あさはこわれやすいがらすだから
東京へゆくな　ふるさとを創れ

おれたちのしりをひやす苔の客間に
船乗り　百姓　旋盤工　抗夫をまねけ
かぞえきれぬ恥辱　ひとつの眼つき
それこそ羊歯でかくされたこの世の首府

駈けてゆくひずめの内側なのだ

日(ひ)の影(かげ)　1

日の光を
日の影とはじめて呼んだ
そのとき
わたしたちのかたわらを
すばやく駆けぬけていったものがあった
妻とわたしは仕事の手を休めて
その行方を目で追った
しかし何ひとつ見えなかった
見えるはずがなかった
声をひそめるようにしてそう呼んだのは
わたしたちではなかったのだから
妻はいつものように種をまき
わたしはそのうえに土をかぶせていただけだから
ただそのとき
わたしたちの手にしていた道具にも
たしかに名前がついたのだった

やさしい花にはやさしい名が
小さな鳥には小さな名が
そして猛猛しい鳥には猛猛しい呼び名が
わたしたちのちちははが
そのことばをはじめて口にしたとき
むらにはむらに似合いの名がついて
この谷には水がゆっくり流れはじめ
森では仔鹿が一頭生まれかけていた

杉谷　昭人（すぎたに　あきと）
1935年、朝鮮鎮南浦府生まれ。詩集『日之影』『人間の生活』。
宮崎県詩の会会員。宮崎県宮崎市在住。

日（ひ）の影（かげ）　2

日は影
影は光
わたしたちの目がとらえたとき
それは消える
さらに遠い場所へと向かって

庭先の花のかたちに消える
でもその花に名前はつかない
納屋の道具のかたちのまま去っていく
その道具にも呼び名はつかない
ただわずかな気配が残るだけだ

それでもひとは花を摘む
そのとき花のなかに影が入りこむ
ひとはいつまでも道具を使いつづける
その刃先の影はいつもゆっくり空に映りはじめる
そのときそのひとの等身大に日常が透けてくる

ちちははの死は
いつもこのように何気なくやってきた

ある日とつぜん
むらの娘たちのように笑いさざめきながら
しかし誰も驚かないたしかな足どりで

とむらいの朝
日の影は庭じゅうに溢れかえり
その日だけは使われない道具が
冷たい土の匂いをただよわせていた
そのためちちははのふたつの柩はいっそう重たかった

日の影は妻やわたしの体験を背負ってはくれない
ただ一瞬そこに存在するだけだ
わたしたちのまわりから消え去っていくもののせいで
空は今日もいちにち深い
この庭先ではいま永遠の真の意味が始まっている

無刻塔

参考　大分県朝地史談会編『あさじ昔ばなし』

おふじ　俺はお前を
まっこと(本当に)好いちょったんぞ
お前を嫁ごに欲しいち　家主に仲立ち頼うで
珊瑚の簪(かんざし)　べっ甲の櫛(くし)　金細工ん帯止め
俺ん全財産を　お前にくれちやったに
待ってん待ってん　知らん顔したお前
働き者で　ええらしい(可愛い)ち
とうてん評判じゃったけんど
ほんなこつは(本当は)　しねくされ(根性腐れ)じゃなかろうかぁち
うっしい(美しい)顔しちょるけんど鬼じゃぁち
諦めろうち思うてん
どうしてん忘れることんでけん(出来ない)のじゃ
ほんなら(それなら)いっそ　おふじと死のう　ち
西蓮寺(さいれんじ)の脇ん曲がり角ん所じ待伏せしちょったんじゃ
たまがっち(驚嘆して)逃ぐるお前をむがむとう(無我夢中)追いかけち
櫟林ん中ん　こんまい(細い)道端ん　生い茂った叢さい
どどっち縺れ込うじ　俺の腕ん中さい倒れちきち
お前は　もう　とっと息しちょらんじゃった
掌い(に)ぬりい(温い)血の滴り　恐ろしゅうち　震えのきち
俺は死にきらじゃった　こげぇ好いちょるに(こんなに好きなのに)
ああ　どげ(どう)しょうか　どげしょうか

門田　照子（かどた　てるこ）
1935年、福岡県生まれ。詩集『ロスタイム』、方言詩集『無刻塔』。
詩誌「東京四季」、日本現代詩人会会員。福岡県福岡市在住。

おかさん(母)に早う死なれち
酒飲みじゃったおとさん(父)は中風で片麻痺
いもと(妹)とおとと(弟)が育ち上がるまんで
嫁ごにも行かれんち
うち(私)は田に出ち働くよりほうはなかったんじゃ
若けぇおとこ(男性)が　うちを好いちくれちょるなんち
夢にも知らじゃった
眼腐れん家主から　むとう(無体)なこと言われち
迫られはしたけんど
うちは手拭い一本さい貰うちゃおらん
贈り物はこしきい(狡い)家主がいれくった(誤魔化した)んじゃ
黙っちょってん通じんに　物なんち何も要らんに
うちんことを好いちょるち
なし(何故)言うちくれじゃったんな
男ん値打ち測る物差しは　おなごん(女の)胸ひとつ
うちは長らえち　おとこ(男性)しと祝言挙げたかったに
道端いなんぼ(何程)花束供えちくれてん
生き返りはせんのじゃ
うちは何千年でん　石ぃなっち佇っちょっち(たっていて)
ずつねえ(情けない)　ずつねえ　恨み節歌うんじゃ
ほうれ　風の果てからん啜り泣きん笛じゃよ

浅ヶ部(あさかべ)

雲海の湧く天空から
段々畑を下って神々は降臨する
〈神楽宿(かぐらやど)〉は　一夜の〈高天原(たかまがはら)〉
彫(え)り物で四方を区切られた神庭(こうにわ)
農夫が　消防士が　セールスマンが
神々に変身する　今宵
変哲もない集落　浅ヶ部は忽ち聖地

　高山を通りていけば面白し
　いつも絶えせぬ御神楽の音

単調な笛・太鼓の旋律が
夕まぐれの坂道を這いあがる
いざ〈神楽宿〉へ　村人たちは
遠い焚火(たきび)を目指して
漆黒の闇をくぐり抜ける

父祖伝来の神面(おもて)様の
年に一度の出番がやって来た
アマテラス　スサノオ　タヂカラ　ウズメ
神々に化身(けしん)するほしゃどんたち

煮染(にしめ)と焼酎だけの素朴な宴は
いつしか　天上の宴となり
恍惚の時間に縛られてゆく人々

寒気と眠気の中で番組は進む
未明からの〈岩戸五番〉
手力雄(てぢからお)　鈿女(うずめ)　戸取(とり)　舞開(まいひらき)　日の前

　ヨイヨイサッサ　ヨイサッサ
爆発する〈神楽せり唄〉に闇が溶ける
眩しいきょうの日輪の真下で
人間の表情を取り戻す神々の末裔(まつえい)

南　邦和（みなみ　くにかず）
1933年、朝鮮・江原道生まれ。詩集『原郷』『ゲルニカ』。日本現代詩人会会員、詩誌「千年樹」。宮崎県宮崎市在住。

末盧(まつろ)・松浦

高森　保（たかもり　たもつ）
1933年、佐賀県生まれ。詩集『五月の大連』『1月から12月あなたの誕生を祝う詩』。文芸誌「九州文学」、佐賀連詩の会会員。佐賀県伊万里市在住。

三世紀　中国の本「魏志倭人伝」にある
…楽浪の海中に倭人有り　分かれて百余国…
海を渡る千余里にして対馬国　また南に千余里大海渡り
一支国(いき)……また一海を渡る千余里　末盧国(まつろ)
四千余戸有り　山海に沿うて居る
草木茂り盛り　行く前人を見ず
好んで魚鰒(ぎょふく)を捕え　水深浅く無く皆沈没して之を取る

この末盧が後世の松浦　佐賀県北西部から長崎県北西部
へ広がる地域でリアス式海岸　両県が歴史を共有する
現在の地名　松浦市は長崎県　松浦町は佐賀県伊万里市
この地随一の松浦川は佐賀県伊万里市東部と同県唐津市
を流れ唐津湾に注ぐ　唐津湾は松浦潟とも呼ばれる
魏志倭人伝の記述した末盧を限定すれば今の唐津
唐の文字は中国古代の唐で　拡大して朝鮮半島を含む大
陸との交流・交易の津・港を意味する

古代　大和朝廷にまつろわぬ土蜘蛛(くも)や熊襲(くまそ)を従えた日本(やまと)
武尊(たける)　その後も従わぬ盤井の乱　新羅(しらぎ)出兵と神功皇后(じんぐうこうごう)に
当地の松浦佐代姫悲恋の伝説と　伝説幾多(あまた)有り
この九州を一括抑え　収税し　外国の賓客応対もさせた
大宰府が置かれ　東国の防人(さきもり)も配置された
耕地となる土地には条里・班田制が敷かれ租税した
人には氏姓(うじかばね)に職名をつけ　身分制にした
その後編纂(へんさん)の肥前風土記に十一郡あり　その一つが松浦
郡　役所の郡衙(ぐんが)は　現在の唐津市郊外の千々賀(ちぢか)と言う
大陸への船出する海端で　そこから肥前国府を経て
大宰府への官道が通されている
この官道以西の民は認知されていただろうか　空白だ
公人として氏姓を持つ家の家僕や奴婢(ぬひ)は個々の人として
処遇され　自立する道もあっただろうか
中国唐へ派遣された勅使は　生ける燭台(しょくだい)となった奴隷(どれい)を
献上したと言う

中世　郡衙(ぐんが)があった上松浦・唐津は荘園の松浦荘
空白だった下松浦は宇野御厨(みくりや)荘となり　住民は伊勢大神
宮へ大宰府を経て供物を供給する贄人(にえ)とされた
その供物の主な物が倭人伝にあった魚鰒(フク)の鰒(フク)はアワビ
この御厨へ検校(けんぎょう)として下向したのが源久(みなもとひさし)　その嫡子庶子
娘婿等が荘園内の各所に散って所領を持ち　幕府から地

頭職に任ぜられ　松浦党と呼ばれ一揆に連名を残す
そこへ元寇（げんこう）　二度目は松浦が襲われ鷹島は全島民犠牲
松浦党の各武将の面面　元の大船に乗り込み大奮闘
事後　幕府は恩功賞扱いで苦労し　その文書を残した
その後　大陸沿岸は　倭寇来襲を恐れたと言う
自ら海賊を名乗り　人質を捕り　米を要求したと言う
その倭寇は松浦党か　米作に不向きな山と海辺の松浦

それから戦国時代　上松浦まで勢力張った松浦党だが
杵島や佐賀の農民兵集団を持つ龍造寺軍・鍋島軍団に
漁民あがりの小人数の兵の松浦党の面面衆寡（しゅうか）敵せず滅び
残った上松浦の波多氏も秀吉の朝鮮出兵に協力したのに
　滅ぼされ　波多氏に保護されていた朝鮮の陶工は離散
明治まで残った松浦党は宗家三代の宗廟山ン寺を建てた
宗家ではなく骨肉相食（は）む戦国期　宗家を潰した分家の
平戸藩主だけ　九州最西端の地が利だったのか
長崎開港までは世界へ開かれた窓・港でもあった
この江戸時代　各地の入り江が堤防で塞がれ干拓される
山間（あい）の地も石垣が築かれ棚田と新田開発
村中総出で　時には近隣の村からも多勢駆り出して
その作業は苦役?それとも田植えして収穫できる夢と共
有し合って働いていただろうか　もう戦乱はない安堵感
唐津藩主は禄高より多いと領地を削って幕府へ返上し
自らは転封し多額の出費をさせる　領民の百姓に百姓は
収穫の半分が年貢米　山際に植えた楮（こうぞ）や茶・桑にも賦課

明治から昭和になっても海の埋立てや干拓は続く
松浦ではないが諫早（いさはや）の国営干拓は大規模農場づくり
佐賀漁民の開門要求に諫早元漁民は沈黙か
伊万里は工場誘致で　漁場の景勝地七ツ島等が埋立て
漁業権放棄・転職を余儀なくされ　海への関心が減る
これが時勢　時代の移り変わりと片付けられるか
秀吉の朝鮮侵攻の名護屋城は親善友好には負の遺産
だがそこから未来を創造しようと博物館に様変わり
元寇で皆殺しされた鷹島にはモンゴル村がある
彼の地の暮らしを体験して友好親善を深める場にする
玄海原発もある　人間文明の末路を暗示しているのか
末盧がまつろわぬ非服従を意味したように反原発の生き
方に共感するものが見えて来るだろうか

柿若葉のころ

父の病室にあてられた二階の窓から　背振山(せふりやま)（一〇五五）はくっきりと見えた。背振山の向こうは福岡の街で　小学生のわたしはまだ行ったことのないあちら側を　どのようにも楽しく空想することができた。

わが家の庭には大きなきゃら柿が数本あって　よく実った。晩秋になると竹竿の先を割ってもぎ取り　父の病室にも運んだ。その年の秋も小枝をつけた柿を持って行くと　病み疲れた父は横たわったまま手をのばし　そこに座りなさい　と低い声でいった。わたしはうっすらと粉を吹いたもぎたての柿の実が　父の掌の上であらあらしい生きもののように息づいているのをみていた。

柿の歌を教えてあげよう　と父はいった
　柿もぐと樹にのぼりたる日和なり
　はろばろとして背振山みゆ
中島哀浪*という人の歌だ　覚えておくといい
はい

父との会話はいつも短かった。病気のために肺活量も少なかったに違いない。小学校では歴代天皇の名と教育勅語を強制的に暗記させられていた。敗色のきざしのみえる戦争のさなか　たかだか六年生の女の子に父はなぜそんな歌を教えたのだろう。アイロニーについてもわたしは何も知らなかった。だが〈はろばろとして背振山みゆ〉というところは快かった。坦々とつづく佐賀平野の先に　盟主のようにそびえる背振山が　わが家から見渡せるすがすがしさも悪くなかった。
〈はろばろとして背振山みゆ〉……か。

その山の向こうが炎上したのは翌年の六月（昭・二〇）であった。B29六十機が福岡市を爆撃。すさまじい爆裂の地響きはこちら側にも突き抜けて　あの時の恐怖は今も昨日のことのようである。

あれから五十年……といっても　ほんとうは昨日のことなのだ。
わたしはみたのだった。はるばるとしたその先に赤いたてがみを振り立てて狂ったように燃える背振の山を。身動きできぬ瀕死の父はなす術もなく　二階の病床から凝

福田　万里子（ふくだ　まりこ）
1933～2006年、東京都生まれ。『福田万里子全詩集』、エッセイ集『はなばなの譜』。詩誌「アルメ」「樂市」。佐賀県で育ち、大阪府枚方市に暮らした。

視するばかりであったろう。それから三日後　喀血と呼吸困難に胸を波打たせながら死んだ。
非国民という名を背負う三十七年の生であった。

父さん
防空頭巾をかぶり　水浅黄の大空に感応することも忘れていた小さなわたしを　今のわたしが見詰めています。そのようにあの時のわたしはあなたから見詰められていたでしょうか。
はるばるとした先をみよ　悲しみはやわらぐだろう
あなたはそう教えたかったのかも知れない。敬虔な頷きに充ちた哀浪の歌一つ　今となれば遺言のように教わったことと　燃える山をみてしまったこととは別であった。
はるばるとした山をみよ
はるばるとした天をみよ
やり場のないものをかかえたとき
はるばるとした遠い存在に触れていよ
雲の変幻　風の出没　凍てつく冬の星座とたっぷり話をした柿の枝が　いっせいにやわらかなみどりを芽ぶくのは
そんなことなんだよ
と
ありがとう父さん。今はぎっしり建ち並ぶ家々のために背振山はもうみえなくなってしまったけれど　天辺を指す柿の木々は健在で　今年もむせるような若葉の季節に入ろうとしています。

＊中島哀浪　佐賀の歌人（一八八三—一九六六）

十二月の菜の花畑

浅見　洋子（あさみ　ようこ）
1949年、東京都生まれ。詩集『独りぼっちの人生』、『もぎ取られた青春』。東京都大田区在住。

水俣市内の　小高い住宅地から
駅前に建つ　病院に　向かう
十二月の朝

急斜面をたがやし　作られた
二坪ほどの　畑には　ネギが並び
白や黄色の小菊が　枯れ忘れていた

葉を落とした　黄櫨(ハゼ)の枝には
大根が　並び干され
九十九折りの　山道から
黄櫨の間から　海が見えた
左手に　見え隠れする
不知火の海は
朝の光と　遊んでいた

あら！　かすかに香る　酸味の中に
ほのかに　ただよう　甘み
車が　来ないことを　幸いに
目をつぶり　香りと　遊ぶ

冷たい風が　甘夏の　香りとともに
頬を　なでていく
そっと　目を　あける

――あら！　あれは　あれは何！
左手遠く　不知火の海を　背に
資料館の　建物が
そして　その手前
茶褐色の　大地の　なかに
幾何学模様を　作り出している
黄色い　大きい　長方形

――まさか　ナノハナ　十二月に　菜の花が！
いぶかしい　心で
水俣の　市内地図を　広げる
――えっ！　あれは水俣湾！　……
茶褐色の大地が　埋め立てられた
水俣湾

朝日に輝く　水俣の海が
目前に　拡がることを　思い描く
茶褐色の大地に　咲いた
菜の花畑を　遠くに

見つめながら……

茶褐色の　大地の　下には
菜の花　畑の　下には
工場排水に　よって
蓄積されつづけた　ヘドロが
有機水銀に　汚染された
魚たちが　埋められている

青く光る　水俣湾と　ともに
失われた
海人の　生活が

有機水銀に　むしばまれ
奪われた
多くの　命が
菜の花畑の　したに
茶褐色の大地の　したに
頬をつたう　涙とともに

強く　こぶしを　握りしめ
ひとり　誓った
忘れまいと……

あの地が　良き漁場で　あったことを！
あの地が　光る海で　あったことを！

冷たい風のなかに　咲いた
菜の花と　ともに

………

三つの池

働　淳（はたらき　じゅん）
1959年、福岡県生まれ。詩集『花、若しくは透明な生』、画集『ある軌跡』。日本詩人クラブ、福岡県詩人会会員。福岡県大牟田市在住。

「ツガニの伝説」という話がある
むかし大蛇が村で暴れていた
ウシや馬をひと呑みにするほど大きなヘビだ
そのうち大蛇は玉姫という姫様を襲おうとする
そこにツガニが現れて大蛇とツガニは争った
カニが二つのハサミで切ると
大蛇は三つの体に分かれてのたうち三つの池となった
それから村を三池と呼ぶようになった

三池炭鉱のあった大牟田市の東に三池山という山がある
その山頂には今でも三つの池があり
池の水は地下深く有明海の海とつながっているという

夏になると三池の街は「大蛇山まつり」で賑わう
大蛇の頭と尻尾に分かれた間の部分は
お囃子（はやし）が乗った山車となり
笛や太鼓や半鐘の音を響かせ
口から火を吹きながら街を練り歩く

かつて会社の合理化に反対して三池争議があった
組合も二つに分かれて労働者同士の争いも激しくなった
そんな頃に「大蛇山まつり」は始まった
まつりの間は争いもおさまり
人々は掛け声をあげて踊る
大蛇の口の中に子どもたちを入れ
「かませ」と言って無病息災を祈った

次の年、大きな炭塵爆発が起こり
五百人近い死者と
八百人を超える一酸化炭素中毒者が出た
爆発の煙は龍のように大蛇のように
のたうって大空へと昇って行った

あの爆発から半世紀以上がたち
炭鉱も閉山して二十数年になる
今も入院しているあの炭鉱マンたち
記憶はあの頃をめぐっているが
町からは炭鉱の足跡が次々に消えていく

そう、大蛇はツガニのハサミで切られ
三つの池になって有明海とつながった
三池の始まりは、むかし昔の話だった

降り注ぐ灰に撃たれて

宇宿　一成（うすき　かずなり）
１９６１年、鹿児島県生まれ。詩集『光のしっぽ』『透ける石』。
詩人会議会員。鹿児島県指宿市在住。

一年が終わる
大きな悲しみと共に
捩れた太平洋が
どれほど悔恨の漣を岸に寄せても
失われた人々は帰らない
漏れ出した放射性元素は
浮遊し雨に洗われ
嵐にまたも飛散して
噂も真実も綯い交ぜのまま
もう歴史になろうとしている
口蹄疫で焼かれた家畜と
退去を強いられた畜主から捨てられた家畜と
どちらが幸せだったろう
桜島の噴火はこの年八百回を越え
新燃岳（しんもえだけ）の入山規制は解かれないまま

―ヨイヤサー、ヨイヤサー
掛け声が上がって
打ち鳴らされる太鼓
本踊りも終盤を迎えた天文館に

暗い雲が迫って来る
―花は霧島
新燃岳の灰に枯れゆき
―タバコは国分
葉タバコ農家は
相次ぐ値上げに栽培の断念を強いられる
プレートの擦れやまぬ境界に住まい
巨大カルデラを命の海と頼って
生きて来た日本人、ぼくたち
その父の父、母の母も
おろおろと悲惨な踊りの輪に入る
もう日本列島は踊り始めた
暗い雲は大粒の火山灰を落とし
風が踊り連の鼻に喉に灰の嵐を吹き寄せ
踊るようにもうひたすら詩を書くしかない
―燃えて上がるはおはらハァ桜島
降り注ぐ灰に撃たれて
六十回目のおはら祭りがフィナーレに近づく

苧扱川

島原半島南端の口之津港から
早崎半島に抜ける県道の途中に
「おこんご」というバス停がある
変わった地名なので調べて見ると
元々は宮崎の西臼杵地方で
女たちが麻を晒すために
川辺に立てた苧扱小屋から出たらしい
その小屋に早春の川の水を引き込んで
身を切るような冷たさに耐えながら
二本の竹の棒で粗麻を扱いだ
扱ぐとはしごくという意味だ
そして美しい飴色の精麻をつくるのだが
女には過酷な重労働だった
苧扱川とはその流れをいうらしい

ならばここでも麻を扱いでいたはずだが
それらしい川は見当たらない
あるのは幅が一メートルほどの
排水路としか思えない水路だけだ
まさかこれを使ってと訝かりながら
流れに沿って歩いて行くと
河口付近に架けられた橋に
確かに苧扱橋と記してあった

それでは臼杵地方のやり方を真似て
麻の精製をしていたことになるが
今ひとつどうにも腑に落ちない
それは明治三十年の一月に
民家や商家と混在していた遊女屋が
口之津港の発展に伴ってここにひとつに纏められ
大規模な遊郭になっていたからだ
では何故麻の苧扱場が遊郭になったのか
やはりそれなりの下地があったからと
考えて見るのが自然ではないか

ここから先は推論に過ぎないが
昔からこの界隈は夜鷹たちの溜まり場で
同じ苦役という意味で
苧扱川と呼ばれるようになったのではないか
証拠にはならないが苧扱川の

志田　昌教（しだ　まさのり）
1953年、長崎県生まれ。ながさき詩人会議会員、長崎文学の会同人。
長崎県南島原市在住。

大字（おおあざ）である南大泊（みなみおおどまり）は
かつては逢泊と書いたらしい
男と女が逢って泊まって行くところ
そう考えれば何となく辻褄があってくる
もっと下品な発想を飛ばせば
男のあれを扱ぐという
意味なのかも知れない

それにつけてもあまりにも虚しい
同時期「からゆきさん」がこの港から
海の向こうに大量に売られて行った
いつの時代も貧しい女は
どこに行っても人として見做されず
商品として生きることしか許されなかったのか
「紅提灯（あかちょうちん）に灯が灯りゃ　ランプに青い灯もついた
　もう苧扱川に　夜がきた……」
その頃流行った唄である

をとめ　づき

宮内　洋子（みやうち　ようこ）
1942年、鹿児島県生まれ。『グッドモーニング』『わたくし雨』。
詩誌「天秤宮Ⅱ」主宰、詩誌「禱」。鹿児島県日置市在住。

人馬が　ごくん　ごっくん
清水を　飲み干す
がっつい　うんまか
がっくい　井戸じゃ

峠へ向かう　水飲み場で
草鞋(わらじ)のひもを　結び直す

一頭立ての馬を
二頭に仕立てる
荷運びの難所

をとめが
がっくい井戸で
手ですくって　水を飲む
恋しいひとを　お迎えにいく峠路
深い闇から　魔の触手
おおいかぶさる
樹の精　草はまねき　風はざわめく
山の頂に

ぼわっと　あかりが　にじんできた
月が　昇ったのだ
獣道を　月が　照らす
をとめは　足取り軽く
跳んで　はねて　恋しい人の胸に　抱かれた

井戸で　狩猟がえりに　水を
飲んだ　島津の殿様は
よか　はなし　じゃっどね

ここを　乙女月　と
呼ぼう

清水の湧く　この地で
峠のいただきを
みあげた　雉(きじ)の長い尾

命日

後藤　光治（ごとう　こうじ）
1952年、宮崎県生まれ。詩集『松山ん窪』『吹毛井』。
詩誌「龍舌蘭」同人、詩人会議・日本現代詩人会会員。宮崎県宮崎市在住。

六月六日は父の命日
梅雨の最中のこの日が来ると
気のせいか
仏壇周りが騒がしい
父の仲間だった死者達の気配がする

我が家はいつもたまり場で
焼酎喰れどもが集まった
燃えさかる囲炉裏の炎に手を翳(かざ)し
どんちゃん騒ぎの様相だった

誰もが大声で
顔を皺(しわ)くちゃにして笑っていた
時にはしんみりと語り合った
苦しい生活の事や　子どもの頃の思い出話
そして「松山ん窪(まつやまんくぼ)」のこと
「松山ん窪」は村の墓所
高台にある土葬の墓地だ
やがて来る終の棲家の話とあって
この時ばかりは
少しだけ神妙になる

常々父は言っていたが
——死んだら蒲簀(かます)に入れて海へ流すがいい
葬儀では型通りの弔辞を受けて
松山ん窪へ運ばれた
松山ん窪では死者たちが
坐棺の中で膝を抱き
礼儀正しく座っている
そして新参者の父を見て
ニヤリと笑い出迎える
今頃　さぞかし死者たちは
思い出話で盛り上がっていることだろう
その声が
位牌の奥から漏れてきそうな
雨のしと降る
父の命日

第三章　四国・中国の地名

火

黄花は日影にうごめきゆれて
あわい毒をかざす
三椏（みつまた）。*
仁淀川の
深みゆく山のわきの
その渓谷（たに）を遡ってゆく
土佐の国、池川村　名野川村　仁淀村
伊予、柳谷村　美川村
夏の激しい雨が埴土の小石を洗い流い出す
北面の、山の斜面
朝晩、濃い靄が這いあがってくるころ
三椏の樹皮はぬれて赤く光り
甘皮にそってあめ色の樹液がはしる
川風ふきあげる日陰地の
赤木種の　青木種の　搔股（かきまた）の
背丈より三裂する　三椏。
百姓ら
斜面の雪を踏み
鎌の背で雪たたき落とし
三椏を伐る。
銭の木をきる。

大崎　二郎（おおさき　じろう）
1928〜2017年、高知県生まれ。詩集『幻日記』『大崎二郎全詩集』。詩誌「二人」。高知県高知市に暮らした。

そいつら束ねて蒸し、皮剝いで黒皮（くろそ）にすると
歩づき　わずかに二十
その黒皮を削る、その下の緑の甘皮を削る
抗う山の地気（ぢげ）を
日の光に晒し
すきとおる風に晒し
夜露にさらす
水を打っては、川原にさらし
そして輝く純白の雪の上に、晒す。
極上の、雪晒しの
横木から丈なして垂れ下がる
その白の簾（すだれ）の中へ　ときに血をにじませ
黒い、ひび皸（あかぎれ）の手は分け入る
ひと筋、きず一点ものがさず靭刃を精撰（すぐ）り
婦（おんな）達の指ははしる。
黒皮から白皮へ、さらに四分（しぶ）二厘づきと目を減じ
百姓の賃は減じ。
それでも百姓ら、ほのかに甘い乾燥皮のにおいをかぎな
　がら
それが銭に替わる日をまちづづけた。

あす
三椏の繊維は見事に光沢おびて
紙に漉かれる。
字をかく紙ではない、金箔原紙という
そのうす紙に漆かけ
その上に金箔をはり
きりきりと一本の糸に撚りあげられる。
ぴかぴか　きらきら　上光るをいとう。
西陣織の
その織の底からにじみ上がってくる
さびをふくんだ黄金（きん）の輝き
金襴（きんらん）や、錦や
京、西陣で
はてしない権欲のきぬへと織りこまれてゆくもとの
　原紙（かみ）だ。
金糸（きんし）の、そのひと刺しひと刺しに百姓らのいたみこも
る

三椏のかわだ。

青く昏れる
三椏の村の
棚田のわき
石で築（つ）いた共同（いい）の釜場から
生木をむす白い煙たちのぼり
貧しく、えぐい匂いは
眷属達のしめったならい地を這ってゆく。
婦（おんな）ら
髪の毛も襦袢も、腰巻まで
ものがなしい樹皮の匂いしみこませ
竈（かまど）の前にうずくまる
時に、吹きかえしてくる長い火の舌に
ほつれ毛をちりちり焦がしながら
ふと
煙にむせてほうりくべる三椏の
皮剝がれて艶っぽく反りかえる白い裸木が
いまどこか深窓の床の間に
オヴジェとして活けられてゆくさまをおもう。
三叉に、白い股ひらき、なまめく姿態をくねらせて
花よりもなお妖しく
ひそやかな光、漂う水盤の中へ活けられてゆくさまをお
　もう。
想いつつ
そいつら束ね、脛にあててはげしく折るや
火に投ず。
竈はわらわらと崩れんばかりに燃えあがり
赤い火は
いっさんに貧しい村の夜をはしるのであった。

＊三椏＝沈丁花科の落葉低木。春黄花が咲き、枝は三叉状に分
　枝す。木の皮は高級な和紙原料となる。

山鬼

土佐国本川郷「寺川郷談」による

山鬼というものがおったといいますのう
それはほんとうのことですろう
たれかのさぶしいすがたとおもいまするが
そんなら
山鬼とはたれのたましいですろうか

目ひとつ
足いっぽん
それでなんでもことたらす
そんならなおさらのこと　山鬼とは
たれのたましいですろうか

山鬼はたれかわからんのですが
山爺とも本川のひとはゆうたのです
ちくしょうにはなれませんきに
生きんといけませんきに
ひとのすがたにかえろうとして
咳をしながら降りてくるのです
そんならいったい　山鬼は
たれのたましいですろうか

降りてはきても
仕事と飯はわけてはもらえますまい
わけるものが本川にはありますまい

山鬼の
杵でぺたりおしつけたようなあしあとは
六尺おきに飛んでいくといいますのう
そんなことで　冬は
ぼおぼおの火のまわりで
おとこしおなごしが　急に
だまり込んでしまうといいますのう
そんなら　ありゃあ
山鬼とはたれのたましいですろうか

忠五というひとのおかやんが
行きちがいざまに
ひょいと見たといいますのう
ふりむいたら
もう見えざったともいいます

片岡　文雄（かたおか　ふみお）
1933年～2014年、高知県生れ。詩集『帰郷手帖』『いごっそうの唄』。詩誌「獏」「地球」。高知県高知市に暮らした。

そんなら
忠五のおかやんに消え入ったものは
たれのたましいですろうか

山鬼は　やっぱし
ちくしょうぢゃありませんろう
にひゃく年もせんから
つけもの石かなんぞのように
ひとに取りついて離れん
ありゃあ　もしやおまえさんの
ひきちぎれたたましいではありますまいか。

詩集『四万十川』

二、かたい苔がこびりつき

林　嗣夫（はやし　つぐお）

1936年、高知県生まれ。詩集『そのようにして』『洗面器』。詩誌「兆」、日本詩人クラブ会員。高知県高知市在住。

抱き合うようにして並ぶ　祖父　豊久
　　　　　　　　　　　　祖母　春江
　　　　　　　　　　　　曽祖父　繁太郎
　　　　　　　　　　　　曽祖母　サト
　　　　　　　　　　　　そのほか……

先祖の墓をどうしても高知へ持って来にゃいけんねえ
四万十川の山奥じゃお参りにも行けん
父がこう言いだしたのは
営林局を退職してまもないころだ

来し方ゆく末のことが気にかかるのか
やがて
高知市の自宅の近くに納骨堂を構え
ふるさとの改葬の段取りをととのえた

幡多郡(はたぐん)十和村立石(たついし)
高知市から西へ約一五〇キロ
四万十川が高知の中央山地から起こり　南に向かって流
　れくだる
土佐湾に近づいたところで西に向きをかえ

川は蛇行を重ねて愛媛県境まで行き
ふたたび南にカーブして中村市の河口へと注ぐ
十和村は川が県境に接近した中流域
立石はさらにその細い支流の部落だ

タユウさんが「豊久」の前にござを敷き
紫の差袴(さしこ)　模様のある山吹色の装束　烏帽子をつけ
祝詞(のりと)を唱え
御霊がやすらかにここを出て行くようにと

遠い親戚すじの和男さんと栄さんが
重い石碑をかかえ上げ　横の藪へほうり込み
掘りはじめると
まあ　この墓地をとり囲む青い山々の　息苦しい重なり

……

人間いたるところ青山あり　たしかにそうだが
四万十川の山々は

人を閉じ込め　人を狂わせ　人をのみ込んでしまう
たしか　あの高いところにも墓所があったのう
伝染病で死んだ者を埋めたところよ
よう担いで上がったもんよ　ただ上がってもしんどい所
　じゃが
伝染病いうたらおとろしゅうて隣の者さえ寄りつかん
死んだら遠方へ棄てるように埋めたもんよ

父と正則さんが楽しそうに話す
どこかねえ
牛を埋めたところもあったはずじゃが

〔注3〕　夏の日、少年はきび（トウモロコシ）畑をくぐる。背丈の倍ほどにも伸びたきびの間を、お湯のような熱い風がかよい、茂った葉からイナゴがばらばらと飛び立つ。少年は、実をつけていないきびを捜すのである。茎がすこし赤みを帯び、手をかけるとぱんとはじくように折れる。鋭い皮を歯ではがすと、中がサトウキビのように甘いのだ。

　実をつけていないきびの茎を刀のようにひっさげて、少年はなおも畑をくぐる。しかし、その畑の端の一角には、決して近寄ろうとはしなかった。近所のなにがしが牛を埋めた場所だからだ。祖父が告げてくれたことは、――病気で死んだ牛を、きび畑のすみに埋めたがよ。夜中に、牛を掘り出して食う者がおるけんねえ、掘っても食えんように、石油をぶっかけて埋めたつうが――。

　少年はきび畑をくぐる時、地の底に足を折ってうずくまる巨大な牛を、いつも影のように引きずった。疲れて夜ねむる時も、屋根の上を、石油をかけられた牛がゆっくりと飛んでいく。そのあとを追うように、一人の男も……。

〔注4〕　きび畑は、秋の夜、炎々と燃え上がる。金色のかたい実は収穫され、葉は牛の飼料にたくわえられ、茎だけが畑のまん中で火をつけられるのだ。おとなたちは、燃え上がる赤い炎に顔を照らされ、まるで鬼の姿となって、周囲から中心の火の方へ、畑を耕していく。麦畑をこしらえるのである。

　ちょうどそのころ、少年たちは、神社の森に火をたいて、秋祭りの花取り踊りの練習にはげんだ。紙の総（ふさ）のついた太刀や鎌をふりかざし、ヤーナームオミドーと念仏の歌を合唱しながら。まん中で太鼓をたたく少年は、背中にたすきをかけ、太鼓の両面をとびはねるように移動しながらたたく。むこうの畑、こちらの谷から、鬼どもを呼び集めることができるように。

　夜の神社の森では、ときおりムササビが、古い樹から樹へとび移った。

讃河Ⅰ　誕生

山本　衛（やまもと　えい）
1933年、高知県生まれ。詩集『讃河』『黒潮の民』。
詩誌「ONL」、日本現代詩人会会員。高知県四万十市在住。

生まれたばっかりの
まっさらの海底を
見たいとは思わないか
その深いふかい平原を歩きたい
そうは思わないか

四国カルストの大地は
壮大な宇宙設計事務所の
叡知の展示場フロアだ

咲き乱れる花々の配置
メユリ　ササユリ　ヤマシャクヤク　シコクフウロ　ヤ
　マアジサイ
ヤマハギ　シコクアザミ　オトコエシ　ホソバノヤマハ
　ハコ・・・
激しく移動する風の海流が
舐め続ける白いカレンフェルドやドリーネの上を
刻々変える雲の書き割り

あの三畳紀に
アンガラ大陸の尖端に隆起した
にほん列島原初の生成が
ヒマラヤ連峰でもなく
富士でもなく
この小さな島の尾根でなければならなかった
主催者の意志を測るがいい

たった一つで生まれた
生命の初めて歩いた
蒼穹の海底世界

其処にある岩のはざまの
一粒の真珠母貝の
望郷の涙の一滴が
熊笹の葉先から　ぽつんと零（こぼ）れ

四万十のみなもとになった

足摺岬の野菊
――奏でる音感

車中で隣に座った少女は
小児麻痺を患っていた
カーブに差し掛かる度に
私の方に体が傾く
足裏でふんばって　踏ん張って
ぎこちない重さを受け止める
見晴かす山並み
峠に差し掛かっていた

言葉を交わせなくても
汲み取った体感のリズム
横に揺れ　押しては返し
その音感は会話の如く
♪どこからきたの　旅は好きですか♬
沢山の話をしたような

吹きつける断崖で
大きなうねりを見ても
砕け寄せる波濤（はとう）を浴びても
なぜか温かい

しだいに夕日に染められる
人生の復路
おだやかに
恙（つつが）なく

深い空に流れる雲
アシズリノジギクの白い花
アゼトウナの黄色い花
去りゆく少女からもらった野の花
一人旅の私の掌で
淡い光を放っていた

永山　絹枝（ながやま　きぬえ）
1944年、長崎県生まれ。詩集『讃えよ、歌え』『子ども讃歌』。
文芸誌「コールサック（石炭袋）」、詩人会議会員。長崎県諫早市在住。

天狗高原

近藤　八重子（こんどう　やえこ）

１９４６年、愛媛県生まれ。詩集『海馬の栞』『仁淀ブルーに生かされて』。
関西詩人協会、青空会議会員。高知県高岡郡在住。

右は愛媛県
左に高知県の山並が
眼下に広がる天狗高原
時には
雲海が山並みを覆い
天狗高原は雲の上

天狗が腰掛ける木は
一本もなく
野原が一面広がる
その真中を一本の長い車道が走り
下った先には
牛が放牧されている

ぽつん　ぽつんと
人が一人座れる大きさの白岩が
句読点のように散らばっている

どこまでも広がる平和な青い空
どこまでも開ける健やかな草原

ただそれだけの贅沢な空間

辛いとか苦しいとか忙しいとか
そんな感情はほど遠く
魂は広々とした風景に溶け
無に変わる

春になればタンポポの黄色い絨毯（じゅうたん）
野アザミの淡いピンクの絨毯が敷かれ
牛の放牧地帯はミドリ一色

強いとか弱いとか
そんな心情も
天狗高原の春風が
やさしく包んで通り過ぎてゆく

法然寺晩秋抄

鐘をつくと
赤銅色（しゃくどういろ）に紅葉したあけぼのすぎの葉が
鳥の羽根のように
やわらかく揺らいでいる

山門の天井に舞う天女は
すこし　くすんでいて
紅葉落葉に彩られた石畳を
昇ってゆく

青い空には
象牙色の金鈴子（きんれいし）＊が
星のようにちりばめられ　輝いている

閂（かんぬき）のある門をくぐると
落下した団栗（どんぐり）に埋もれている大名墓
そこから見おろすと
遠く瀬戸の海が光って
屋島八栗（やしまやくり）まで眺望できる

水野　ひかる（みずの　ひかる）
1944年、香川県生まれ。詩集『未明の寒い町で』『水辺の寓話』。
日本現代詩人会・日本詩人クラブ会員。香川県善通寺市在住。

石段を降（くだ）ると
石灯籠に縁どられたまあるい池は
しんと静まり
語りかけるように　問いかけるように
そこに在る

涅槃堂で出会った
大きな寝釈迦の像
蝸牛（かたつむり）や蝙蝠（こうもり）などの
生きとし生けるものたち

生命の宿る自然のなかの
神のようなものすべてを
畏怖しながら
晩秋の寺に佇む

＊栴檀（せんだん）の実

祖谷の水

子供の頃
家には水がめが二つあった

竹を敷いた床の台所に陶器のかめ
でも　いつの頃からか
蛇口の付いたタイルの流し台になって姿を消した

外の一つは今でも健在だ
セメントで出来た大きさは畳の三分の一位
色は浅黒くなっている

母やんから兄嫁そして甥の嫁にと
ぼくが知る限り三代は続いている
百年は超えていると思う

水は竹を割って節をとり
何本も何本もつないだトユを伝い
裏山を越えて流れて来る
時々水が止まる時があり
母やんが
「水をみてこい」と言う

大倉　元（おおくら　げん）
1939年、徳島県生まれ。詩集『噛む男』『祖谷』。日本詩人クラブ、日本現代詩人会会員。奈良県大和郡山市在住。

そんな時は決まって落ち葉が
流れをふさいでいた

ぼくが朝早く起き出して
はさん虫[*1]を捕ってもんて来ると
外の水がめの横で
母やんが大きなタライで　洗濯をしていた
「おったか」
「ハコオイ[*2]がおったわ」

水がめに入る手前から別のトユに
切り替えると水の流れは　五右衛門風呂へ

平家の落人が居を構え
父やん　爺やん　先祖代々と
多くの命を支えてきた

水は十分ではないが絶えることなく
四六時中流れ続ける
祖谷の水

＊1　はさん虫＝かぶと虫　＊2　ハコオイ＝ミヤマクワガタ

「第九」の空

一九一八年（大正七年）六月一日　板東俘虜収容所
ベートーベン「第九交響曲」を日本で初めて演奏

今年も六月初めの日曜日
その跡地近く　記念のドイツ館のある鳴門では
大勢の人びとが集い　「第九」演奏会が開かれる
歓喜の歌はひびき迫り上がり
飛行機雲に乗ってドイツの空へ運ばれるだろう

板東のなだらかな扇状地に　第一次大戦
青島で敗れたドイツ兵俘虜　千人
見知らぬ田舎で惑いしかし背筋を伸ばして生きた
笑顔の往来するふしぎな収容所があった
鉄条網はあっても規律の少ない

それは苦い戦の悲しみを知る会津人
松江豊寿所長のひととなりによってか
大佐は　彼らも祖国のために戦ったのだからと
同じひととして遇しつづけた
この時代と視野
まだ　のびやかな想像力が働いた最後辺りだろうか
彼らは望郷にあえぎながら
それぞれ得意な活動で耐えた
進んだ技術　文化や　スポーツ　さかんに音楽や
地域の人たちと交流も深まった頃
解放される時を迎える
三年足らずで収容所に幕

帰国がまもなくというのに彼らは
傷んだ楽器に悩んでもなお練習を重ね
男ばかりの合唱を含む「第九」全曲が初めて演奏され
渦潮の街にひびき巻き上がり
高い巻雲に乗ってドイツの空に届いただろう

あれから　半世紀
異邦の砂時計が熱い砂を発酵しつづけていたという
当時を反芻する元俘虜のバンドーを懐かしむ手紙から
交流　再開……

ふる里に六十四年ぶり　甦った「第九」
そして来年も

＊松平健主演映画「バルトの楽園」として大きな話題となる

山本　泰生（やまもと　たいせい）
1947年、徳島県生まれ。詩集『祝福』『あい火抄』。詩誌「兆」。
徳島県松茂町在住。

江舟

江舟（えふね）という部落は中国山地の
海から遠くの標高七〇〇ｍの山里だが
どうして「江舟」というのか

その由来は私には謎であった
山口県の民俗学者・波多放彩の著作*に
江舟に関する記述がある

生雲村（いくもそん）天子の滝で
天女が羽衣を脱いで体を洗い
川岸の松枝に干した「衣掛の滝」だ
そこにたくましい狩人が通りかかり
恋仲になり生まれたのが
「江舟太郎」とある

江舟太郎は日本海にそそぐ阿武川（あぶがわ）を遡り
袋小路の盆地を切り拓いた
その川が江舟川、その山が江舟山だ

阿武川の上流は長門峡
水が岩を噛み
若葉青葉紅葉落葉が季節を刻み
川上村と生雲村を切り裂いている
秋には遡上した鮎が産卵で海にかえり
鱒が産卵で遡上する風光明媚な清流だ

曲がりくねった険阻（けんそ）な川を辿り
山から山の襞々に
壇ノ浦で敗れた平家の落人たちが
ひそかに生きて来たのではないか

異端視された宗教を捨てず
キリシタン狩りを逃れて
生きて来たのではないか
柚や南天の自生する山里
伝説に彩られている山陰の山里
その歴史の起源はわからない

＊山口県阿武郡川上村江舟（現・萩市）

山口　賢（やまぐち　けん）
1932年、山口県生まれ。詩集『山口賢詩集』『日々新しく』。
詩人会議、佐賀県詩人会議会員。佐賀県唐津市在住。

仮繃帯所にて

あなたたち
泣いても涙のでどころのない
わめいても言葉になる脣のない
もがこうにもつかむ手指の皮膚のない
あなたたち

血とあぶら汗と淋巴液とにまみれた四肢をばたつかせ
糸のように塞いだ眼をしろく光らせ
あおぶくれた腹にわずかに下着のゴム紐だけをとどめ
恥しいところさえはじることをできなくさせられたあな
　たたちが
ああみんなさきほどまでは愛らしい
女学生だったことを
たれがほんとうと思えよう

焼け爛れたヒロシマの
うす暗くゆらめく焔のなかから
あなたでなくなったあなたたちが
つぎつぎととび出し這い出し
この草地にたどりついて
ちりちりのラカン頭を苦悶の埃に埋める

峠　三吉（とうげ　さんきち）
1917～1953年、大阪府生れ。『原爆詩集』。詩誌「われらの詩」代表者。六歳から広島市に暮した。

何故こんな目に遭わねばならぬのか
なぜこんなめにあわねばならぬのか
何の為に
なんのために
そしてあなたたちは
すでに自分がどんなすがたで
にんげんから遠いものにされはてて
しまっているかを知らない

ただ思っている
あなたたちはおもっている
今朝がたまでの父を母を弟を妹を
（いま逢ったってたれがあなたとしりえよう）
そして眠り起きごはんをたべた家のことを
（一瞬に垣根の花はちぎれいまは灰の跡さえわからない）
おもっているおもっている
つぎつぎと動かなくなる同類のあいだにはさまって
おもっている
かつて娘だった
にんげんのむすめだった日を

原爆小景（抄）

水ヲ下サイ

水ヲ下サイ
アア　水ヲ下サイ
ノマシテ下サイ
死ンダハウガ　マシデ
死ンダハウガ
アア
タスケテ　タスケテ
水ヲ
水ヲ
ドウカ
ドナタカ
　オーオーオーオー
　オーオーオーオー

天ガ裂ケ
街ガ無クナリ
川ガ
ナガレテヰル
　オーオーオーオー
　オーオーオーオー

夜ガクル
夜ガクル
ヒカラビタ眼ニ
タダレタ唇ニ
ヒリヒリ灼ケテ
フラフラノ
コノ　メチヤクチヤノ
顔ノ
ニンゲンノウメキ
ニンゲンノ

原　民喜（はら　たみき）
1905〜1951年。広島県生まれ。小説集『夏の花』。『原民喜詩集』。
「近代文学」同人、「三田文学」編集。広島県・東京都に暮した。

永遠のみどり

ヒロシマのデルタに
若葉うづまけ

死と焔の記憶に
よき祈よ　こもれ

とはのみどりを
とはのみどりを

ヒロシマのデルタに
青葉したたれ

わが基町物語　五

長津　功三良（ながつ　こうざぶろう）
１９３４年、広島県生まれ。詩集『わが基町物語』、詩論集『原風景との対話』。詩誌「竜骨」、広島花幻忌の会世話人。山口県岩国市在住。

病身の父と　中学生になったばかりの僕だけでは　手が
　回りかね
傭(やと)っていた　集金人の　小母(おば)さんは
右手で　書き物を　したり　算盤(そろばん)　を弾くので
金勘定は　左手で　やっていた
左手の　自由に動くのは　親指と　人差し指　だけで
中指から後は　癒着して　すこし　曲がった　ままだっ
　た
ピカの時の　猛烈な火傷(やけど)の　爛れに
あり合わせの　襤褸(ぼろ)切れを　巻き付けたまま　放置して
そのまま　癒着してしまった　らしい
お札を　床の上に　揃えて置いて
てくびで押さえ　親指と　人差し指で
器用に　数えていた

夏の　暑い盛りにも　何時も　汚れた長袖を　着ていた
赫(あか)く　醜く　盛り上がった　肉腫(ケロイド)を　隠すためである
栄養状態も　悪いらしく　蒼黒く　痩せていた
もちろん　私たちも　痩せ　腹を　空かせ
真っ黒に　日焼けした顔で　目ばかり　ぎょろつかせて
いた

小母さんは　夏になると
微熱が　出るらしく
時折　休んだ
心根の優しい人で　担当区域の　集金が　中々終わらな
　いのを　申訳ながった
基町は　市営住宅入居の　引き揚げ者や　母子家庭
勝手に　空き地などに　継ぎ剥ぎの　バラックを　建て
　たりした
貧しい家が　多かった

広島城に近い　旧第五師団輜重隊跡に　急遽建てられた
被災者用市営住宅群の　一角に
復員した父親は　有力者の　伝手(つて)で　入居し
仕事場を　勝手に建て増しをして　新聞販売店を　再開
　していたが
軍隊時代に　軀を壊していたので
僕も新制中学が　出来たばかりの頃
転校させられて　仕事を　手伝わされ始めていた

父親は　真夏など　横に　なっていることが　多かった
軍隊で　傷めた軀が　思うように回復していなくて　辛
　そうで
お金の　受け渡しなどは　大抵　僕がしていた
でも　小母さんは
夏の暑い日には　微熱が出て　起き上がれない　らし
　かった
ご主人は　兵隊で　外地へやられたまま　何時までも
　復員せず
学校に行っていた　子供さんは
学徒動員で　建物疎開に　駆り出されたまま
市内の　中心部で　被曝したらしく
遺体も　みあたらないまま　であったとか
黒焦げの　屍体を　一人宛　何十人も　目に付く限り
　何日も
ひっくり返しては　捜した　そうな
ご主人の形見の時計を目印にして・・・

そりゃぁ　むごいもんじゃった
みんな　みんな　ひどいもんじゃった
ありゃぁ　なにがなんでも　むごすぎる
もぉ　なんも　おもいだしとぉ　ないけんねぇ
いびせかったけぇ（こわかった）
ピカのこたぁ　おもいだしとぉないけんねぇ

逢うたびに　小母さんは　涙も　見せずに
僕に　はなすのであった

夏
ひろしまの
深く
碧い
空は
いまも　変わらず
熱く
燃え
光って　いる

呉と呼ばれる港町

僕の家は　小さな山の中腹にあった
その前には　たくさんの家が密集し
見えるのは　青い空だけだったけど
少し横の　家の疎らな所まで行くと
灰色じみた海と　港と船渠が見える
三方を山で囲まれた　軍港の呉市だ
呉は「くれ」と読む　奇妙な地名!?

十五年戦争という長い争いが起こって
小学校が国民学校になった頃　奉祝行事が続き
市の徽章に接する機会が増えた　よく見ると
「市」の字の周囲を　九つの「レ」の字が囲んでいる
九つの嶺に護られた都市　九嶺「クレ」で呉だ
との説明を聞いたものの　どうもシックリこない

そのうち中学校に入り　漢和辞典を使いだす
だが「呉」という項には　呉市のことなど出てこない
呉といったら　中国大陸にあった国名なのだ
字引を見ると　一つの漢字に漢音と呉音がある
漢と張り合うくらいなら　相当な国に違いない

天瀬　裕康（あませ　ひろやす）

1931年、広島県生まれ。詩集『ロボットたち』『幻影陸奥共和国』。漢詩「楓雅之朋」会員、「短詩型SFの会」代表。広島県大竹市在住。

そうとも　由緒ある国名だったのだ

漢音は唐代長安地方の　標準的な発音を移したもの
遣唐使によって　奈良時代から平安初期に伝わった
呉音はもっと昔に　中国南方系の音が伝来したもの
いずれにせよ日本文化は　大陸の影響を受けている
だが言ってはダメ　皇軍が大陸を侵攻中なのだから

戦争で家を焼かれ　戦後は別の家に住む
そこも山の中腹で　遠くに海が見える
新しい家の更に山奥では　石製槍先が見付かった
人が住んでいたらしいが　その頃はまだ文字がない
漢字の発生は三千年以上の昔だけど　輸入したのは
五世紀はじめ　『古事記』『日本書紀』は八世紀はじめ
ねじくれた青年期の僕は　疑いながら日本史を読む
花火の裏側には　何が　あったのだろう?

文明開化のためには　船を造って
大陸へ行って　あれこれ見なきゃなるまい
造船用の木材には　安芸の国の榑の樹が適していた

これが「くれ」の起源だ　とする説がある
なるほど　それは　そうかもしれない
だがなぜ榑を呉という字に　しなければならないのか
壮年を過ぎ老年になっても　僕は呉服という文字や
呉竹という言葉　そして呉の人たちのことを想う

あちらの歴史では周があって　春秋時代が続く
この時の呉は蘇州が主都で　揚子江下流地方を領有
だが紀元前四七三年　越に敗れて合併され
難民の一部は　いまの呉地方に流れ込んだ
そのあと三国時代となり　再度の呉は都を建業
のちの南京に置いたが　西暦二八〇年
晋によって滅ぼされ　また難民が呉地方に住み着く
呉市吉浦地区には　前方後円の小さな古墳がある
呉地方に来た呉の人は　自分たちの郷里を懐かしみ
前方後円の墓を　作ったのかもしれない
この地方と大陸南部の間に　交流があったのは確かだ
この地方を「呉」と呼ぶ　基盤は徐々に整ってゆく

古墳時代の民衆は　その土地の首長に支配された
ごく狭い範囲内の　限定された生活をしていたが
そのうちに隋との国交が始まって　七世紀のはじめ
小野妹子らが派遣され　中頃になると大化改新
これにより　日本は天皇に支配されることになり
呉の付く言葉　皇室領呉浦とか石清水八幡宮領呉保
などが散見され始めるが　呉の人たちの記載はない
十二世紀の平清盛は　宋との貿易を目論んだが
十三世紀の元寇は　大陸との関係を切断した

やがて　ポルトガル人とキリスト教が出現
信長・秀吉はキリスト教を弾圧し　家康は鎖国
長い密室のあげく明治維新　西洋に学んで富国強兵

新政府は呉鎮守府を開設　東洋一の軍港が生まれる
呉は近代的な都市になるが　軍関係の大工事により
無知故か故意にか　呉関連の遺跡は消失したらしい
今は寂れた港町だけど　濃厚な歴史が詰まっている
呉は呉の人が　住み着いたから「呉」になったのだ
証拠の品が失せたとて　僕の意識には生きている！
子どもの頃もそうだった　前世の記憶また前世……

日清戦争や大東亜戦争で　悪化しきった日中関係
令和になってから再悪化　僕は呉の移民の子孫だ
などと言うと　差別されてしまうかもしれない
あるいは迫害されることも　ありうるだろう
そんな時代には　なって欲しくない
いや　してはならぬ

「岡山空襲」の記憶から

くにさだ　きみ
1932年、岡山県生まれ。詩集『死の雲、水の国籍』『くにさだきみ詩選集一三〇篇』。詩誌「腹の虫」「ミモザ」。岡山県総社市在住。

花びらだったら　よかったのに――

あの日、空を染めたものは
無差別爆撃の焼夷弾と油脂爆弾だった。
（「備中国分寺」をシルエットにして
　深夜を桜色に染めていたもの。）
十里離れたところから見た『岡山空襲』は
　――不謹慎だけど　あえて言うなら――
背筋も凍る軍国の
心に受けた　被災の「花びら」。

「戦災」とはなんだったろう。
「戦争」とは……「平和」とは……なんだろう。

（歴史は
　糸のからまる「繊細な織物」だから……と
　国家と国家の
　紛争の糸は　複雑にからまる。）

花びらみたいに
焼かれたのも　死んだのも　ヒト。

〈国家〉ではなかったから――
解釈改憲だけが
ひとり歩きしている　この国で
いま　イラク派兵は
「復興支援」になるのだという。

嘘だ。嘘だ。

焼かれない　死なない
アメリカが
今夜も世界のどこかで
また無差別に　にんげんを焼いている。
（そこに建つモスクにだけ
　漆黒のシルエットを描いて）

遠い遠い砂漠の街を
あの日と同じ色と臭いで染める
桜色のもの。

戦災の記憶……
花びらだったら　よかったのに――

六島（むしま）

小さな船着場へ下りると
冬の陽の降りそそぐ墓の群れが
海に向かって立ち並び
島に入る者を　最初に迎える
墓に射す　その眩しい陽ざしが
私の胸に　まっすぐに入りこむ

音のない島では　時が止まり
死者も　港を出て行ったり　帰ってきたりしている
生者も死者も寄りそって　共に呼びかけてくる
水仙の清らかな香りに包まれて
路地は海へ向かって消えている

落葉を踏む私の足音だけが響いている
小高い山に登り
ヤブランの群生の道を行く

海底にも　分水嶺（ぶんすいれい）がある
島々の間を縫って
白い大型船や　小さな漁船が行ききしている

その中に幻のように遣唐使の船が浮かぶ

しずかに寄せる波に
もう一つの同じ島が
海底に向かって存在し
墓があり　民家があり　水仙が咲き
私の歩いていく路地は
地上に向かって消えている

＊六島は岡山県最南端の島

今井　文世（いまい　ふみよ）
1939年、岡山県生まれ。詩集『青い指を持った』『峠の季』。詩の会「ネビューラ」、日本現代詩人会会員。岡山県備前市在住。

吉備野

遠くに
おんなの姿がみえた
青草のしげる道は
ほそく曲り
野の中をつづいているので
やがてわたしは
おんなの傍にいたるだろうと思える
髪をうしろで束ねている
ゆるやかに裾のひろがるのを
手でおさえて立っている
さっき　どよめきが空にひびいて
歌垣は終わり
ひとびとの輪はくずれて散ったが
そのなかのひとりのおんなよ
高らかな声の交わり
歌のまじわり
音のあかるい余韻は
あたりの空気をまだあからめさせているが
きえ去りがての粗朶の火のふちで
恋を得たものばかりでなく
うしなって淋しいものもいたのだろう

人から人へ
こころのとどかないことも
吉備野に沈む古代の時間に
ふくまれていて
よみがえっては　いくたびも
生き継ぐにんげんの
日々に嘆きをながしてきた
ゆたかな稔りのすぐうら側を
ささえる大きな愛のかなしみ
立つたまま空のひとところに
視線をそそいだらしいが
いま　わたしは
しずかに眼をとじる
身のまわりの多くの物質の影を
はるかに払いのけて
風もなく
かがやく野の細い道を
わたしの方から歩いていくので
もうすぐ　おんなの
うすい肩にふれあう

坂本　明子（さかもと　あきこ）
1922〜2007年。兵庫県生まれ。詩集『雪崩の楽章』、随筆集『車椅子のつぶやき』。詩誌「裸足」「日本未来派」。岡山県岡山市に暮らした。

石見銀山大森　仙の山
―石見銀山考―

細長い谷間に　青葉が雪崩れてくる六月
江戸風情が残る大森の町並みを通り抜け
マキさんを案内して仙の山の頂きに立った

標高五三七メートル　石見銀山の中央に聳え
仙人が住む「聖山（ひじりやま）」とも「銀峰山（ぎんぷせん）」とも呼ばれた山
山頂「石銀（いしがね）」には「石銀山上六千軒」の言葉が残り
一六世紀のポルトガル地図に「銀鉱山王国」と書かれ
最盛期に　世界の三分の一近い銀を産出した山

「人口二十万？」
中国山脈の山波を眺めて話していたとき
笑いながら　旧友マキさんは聞き返した

「慶長のころ江戸は一五万　京都三〇万
大阪二〇万人らしいよ　こんな山奥に二〇万！」
「妄想好きは変らんね」

石見銀山代官所地役人・大賀覚兵衛は
江戸時代後期に書き残している
「～慶長の頃より寛永年中　大盛士稼[*1]の人数二十万
一日米穀を費やす事千五百石余、車馬の往来昼夜を
分かたず　家は家の上に建て　軒は軒の下に連なり」

伏見城で一間四方の台に銀を積み上げ　家康に献上し
今は重要文化財　道服を拝領し「備中」の名を賜り
「召使フ者千余人」という山師・安原伝兵衛は
慶長一〇年に書き記している
「国々人群集スル事二十万余　谷々銀鏈[*2]充満」

「白髪三千丈　縁愁似箇長[*3]」
彼方に霞む日本海の空へ届けとばかり
急にマキさんは得意な詩吟を朗々と吟じ始めた

眼下の街道から　行き交う人や牛馬の騒めきが聞こえ
軒に軒を重ねた深い七つの谷は　天に至って空を切り
要害山の樹間に　白壁と石見瓦（いわみがわら）の山吹城が眩（まぶ）しく光る
ぼくは一人　巨大な鉱山都市を眺めている

＊1　大盛士稼（大森の武士や労働者）
＊2　銀鏈（銀の鉱脈）
＊3　李白の詩

洲浜　昌三（すはま　しょうぞう）
１９４０年、島根県生まれ。詩集『ひばりよ　大地で休め』『春の残像』。日本詩人クラブ、石見詩人会員。島根県大田市在住。

父のいる風景

敗戦の年、源平合戦で名高い高松は屋島の松林で、写真を撮っている。開襟シャツにすらりと背が高く、余分な肉がなく鼻筋が通った男。ゲートルを巻いた足を「休め」の形にして手を腰に、右手に小枝で作った杖を一振り。セピアに変わった白黒の写真。一緒に写っているのは少年と少女、母のいとこ達か。

父親の亡くなった後の働き手の若い彼女は、家族中で神戸へ出て来ていた。和田岬に兵隊として駐屯していた彼とは、神戸で知りあったと聞いている。時計屋に、修理の腕時計を受け取りに来た兵隊が父だったとか。神戸の空襲が激しくなる前に、彼女は母親の実家のある高松へ帰ってしまっていた。除隊になった父は一旦実家の鳥取県西部に帰ったが、その彼女を追って、訪ねた時の写真だという。土産に持って出たリンゴかミカンは、車中で乗客と分けあって食べてしまっていたとか。

高松は昭和二〇年七月四日未明の空襲で、中心部は燃え尽きていた。敗戦はそれから二か月も経っていたので、都市部には復興の兆しは見えていたはずだ。しかし田舎はご多分に漏れず、疎開者に厳しかったらしく、彼女は鶏小屋の改造したような小屋に住いしていた。沢山の兄弟の世話に明け暮れていた彼女だから「私の元に突然舞い降りた王子様」と心迷っても不思議ではない。国は戦争に沢山の男たちを死なせた。どんな男でも、相手が居るだけで安心の、戦後の混乱時代だった。

まだ未明、鶏小屋の戸をそっと開けて、正面から抱きすくめる。それが鶏を摑まえる手法だ。満員の伯備線、宇野線、宇高連絡船を乗り継いで降り立った高松の港。彼女が疎開する時、渡していたメモを片手に「おまえに百姓仕事なんかさせない」と、そっと戸口を押し開けた。

永井　ますみ（ながい　ますみ）
1948年、鳥取県生まれ。詩集『万葉創詩―いや重け吉事』『愛のかたち』。詩誌「現代詩神戸」主宰、「リヴィエール」同人。兵庫県神戸市在住。

大山（だいせん）山麓地へ入植

百姓なんかさせない

大見得を切った男に惹かれて
瀬戸内海を渡り伯備線に乗った
空軍米子基地のあった葭津（さきつ）へ向かった
彼の実家のあるハマという地方は
さばさばと吹き抜けていて
古い家の縁側から　いきなり風の入ってくる所だった

夜になると松風が不気味に鳴り渡り
父の居ない家族は
母親の魚の行商に担われていた
貧しい一つの鍋を
たくさんの彼の兄弟たちと囲んだ
彼の妹に初めて収穫の鎌を握ることを習った

煤けて黒光りする大きな板場の片隅で
彼と抱き合って眠った
自分の
まだ幼い
たくさんの兄弟を捨ててきたのに
安らぎがあったのが不思議だった

楽天的な考え方
直截なもの言い
仕事の速さ
どれもこれも好ましく思えた
日清製粉で働いているという男に誘われて
開拓の山を登った

山陰線御来屋（みくりや）駅から日本通運の大八車を借りた
チッキで送っていた布団などを積み込み
途中　中学生に出会った
おっちゃんどこへ行くだ
おう　同じ方へ行くなら尻を押してごせ
嫁さんか
ええにょうばだと言葉の意味もわからず誉められた気分
　であるいた
上り坂ばっかり八キロの距離を

この空こそ冬の空

太平洋側から来た人は
「山陰の冬は重苦しい」という
今も低く雲が垂れこめ
雪がちらついている

大人になって
長い間、太平洋側で暮らし
山陰に帰って
初めて迎えた冬のこと
なんだか妙に懐かしかった
なんだか妙に落ち着いた

そうだ、この空こそ、冬の空
ソリで駆け下り
雪うさぎと遊んだ冬の空
見上げると
いつもこんな空だった
太平洋側から来た人は
「山陰の冬は重苦しい」という

中村　真生子（なかむら　まおこ）
1958年、鳥取県生まれ。詩集『メルヘンの木』『なんでもない午後に—山陰・日野川のほとりにて』他。鳥取県米子市在住。

この空こそ、冬の空

詩集『なんでもない午後に—山陰・日野川のほとりにて』より

第四章　関西の地名

鳥羽　1

何ひとつ書く事はない
私の肉体は陽にさらされている
私の妻は美しい
私の子供たちは健康だ

本当の事を云おうか
詩人のふりはしてるが
私は詩人ではない

私は造られそしてここに放置されている
岩の間にほら太陽があんなに落ちて
海はかえって昏い

この白昼の静寂のほかに
君に告げたい事はない
たとえ君がその国で血を流していようと
ああこの不変の眩しさ！

谷川　俊太郎（たにかわ　しゅんたろう）
1931年、東京都生まれ。詩集『二十億光年の孤独』『世間知ラズ』。
東京都杉並区在住。

鳥羽　3

粗朶拾う老婆の見ているのは砂
ホテルの窓から私の見ているのは水平線
餓えながら生きてきた人よ
私を拷問するがいい

私はいつも満腹して生きてきて
今もげっぷしている
私はせめて憎しみに価いしたい

老婆よ　私の言葉があなたに何になる
もう何も償おうとは思わない
私を縊るのはあなたの手にある
あなたの見ない水平線だ

かすかにクレメンティのソナチネが聞こえる
誰も私に語りかけない
なんという深い寛ぎ

鳥羽　5

そう書いた
舌足らずのその言葉が
私の何にふさわしかったというのか

書き得ぬものは知っている
書き得たものは知らない
一般の舟が沖から戻ってくる
舟子は見えない

言葉は風にのらない
言葉は紙にのらない
私にのらない

もう問いかけはすまい
答えよう　我と我が身に
私にむけられる怨嗟があるとすれば
それは無言の他にない

鳥羽　10

出発の朝
途切れることのない家族の饒舌に混る
ひとつふたつの土地の訛り

風は私の内心から吹いてくる
鳥羽は既に一望の荒野
乾いた菓子の一片すら
犠牲の上にしかあり得なかった

書きかけて忘れてしまった一行を
思い出したい
一語すら惜しみ
私は言葉の受肉を待ちうける

眼を射る逆光
途絶えぬ松籟
どんな粉本もない

大阪の木

火をくぐって
一本の銀杏の木が育つのを見た
大阪の堅い土に根をはり
昨日より今日と
鉄とコンクリートの上に
石炭紀からそのままに。
ボーリングの地響がぴたとやんで
眼前に夕日をあびて
巨大な建造物がそびえ立つ。
高いところに組まれた足場にとまって
窓ガラスを清掃する人たちが
最後の仕上げをしている。
何がここにやってくるのか、
とまれそれは
人間であることにはまちがいない。
このときまで
わたしはたしかにここにいた。
この目でそれを見た。
しかしかつてふりそそぐ
火の粉の中にあったあの銀杏の木は
今日から明日にかけて
なおいろいろなものを見るだろう。
大阪の木よ大きくなれ。

小野　十三郎（おの　とおざぶろう）
1903〜1996年。大阪府生まれ。詩集『小野十三郎全詩集』、詩論集『詩論』。大阪文学学校創設校長。大阪府大阪市に暮した。

未来都市大阪

木に草に
石に水に花に
光だけが強烈にふりそそぎ
あらゆる物音はぴたりととまる

五十年とかかるまい。
やがて人はいつか、しずけさにおいてこそ
この都市の華麗さと大きさを知るようになるだろう
天然自然のそれとは異なるしずけさ。
七百万、あるいは一千万の人間がなおここにいても

はたらく若者よ
それを見て死ね

大和国の娘

大和の国
伊勢街道に沿って走る急行へ
黒いいでたちの娘
が、乗ってきた
長い髪をうしろに束ね　丈高く
背には黒い大きなリュック　胸には黒い小さなリュック
左手の黒い袋には背丈を越す竿のようなものを持ち
ドアーの前に立つ　たぶん、弓だ？

まっすぐな背筋　引き締まった頬　浅黒い横顔
そして、二つ目の停車駅「桜井」で、降りて行った

娘の出自へと　妄想がよぎる
DNAをさかのぼれば
大海人皇子方　孝と義の将軍　三輪君高市麻呂にたどり
つく
壬申の乱
飛鳥への道　三輪山麓の箸墓の戦いで
大友皇子方　近江朝廷の将　廬井鯨（いおいのくじら）を破った！

たぶん……

妄想はつづく
「いにしへも　しかにあれこそうつせみも
つまをあらそふらしき*」
一人の女を二人の男が嬬争いしたと言う
「しきしまの　大和の国に人二人
ありとしおもはば　なにか嘆かむ*」

歌碑が三輪山麓に残っている
なんとも　悩ましき桜井の里をあとに……
急行は新緑に包まれた宇陀の山あいを分け
伊勢に向かう

そして　新緑につつまれた
弓道場では
白い鉢巻　白衣に赤い襷　黒い袴
の、娘が　息をとめ
心の的に向かって「サアッ！」
矢は放たれる

＊『万葉集』より。

美濃　吉昭（みの　よしあき）
1936年、朝鮮大邱市生まれ。『或る一年〜詩の旅〜III』『或る一年〜詩の旅〜II』。日本詩人クラブ、関西詩人協会会員。大阪府大阪市在住。

平城宮跡のトランペット

桃谷　容子（ももたに　ようこ）

1949～2005年、奈良県生れ。詩集『黄金の秋―桃谷容子詩集』『野火は神に向かって燃える』。詩誌「アリゼ」。奈良県奈良市に暮した。

今日、三十五年ぶりにあなたを見た。平城宮跡の、どこまでも続く新緑の野原の中央の苔生した石段の真上で、あなたは若草色のシャツにカーキ色のズボンを穿き、銀色のトランペットを高らかに青空に向って吹き鳴らしていた。三十五年前、私は十七歳、あなたはK大学の法学部に通う大学院生だった。家の向いにある教会の丘の上で、ボーイスカウトの隊長だったあなたはカーキ色の制服に派手なロイヤルブルーの絹のスカーフを首に結んでいた。あなたはあの頃あまりに目立ち過ぎて、気難しい文学少女だった私はあなたに激しい反発を感じていた。日曜日の黄昏時、あなたはいつも教会の裏手の丘の上でトランペットの練習をしていた。琥珀色の光の中でトランペットを吹くあなたの横顔は、大理石でできたギリシャ彫刻のように端麗で、あなたは自分の美しいことをよく知っていた。夕暮れになると、私は犬のチェリーを連れて教会の丘の上に散歩に出かけたが、決してあなたと目を合わせることはなかった。三、四人の青年会の仲間達と教会の庭であなたが話している時、鎖から解き放たれたチェリーがあなたにじゃれついても、私は知らん顔をしていた。〈チェリー〉かん高い声で私はテリア種の雌犬を呼び、チェリーはキラキラ光る黒曜石の瞳で私に走り寄り、私達は教会の裏手の緑の谷へ走り降りるのだ。そんな時〈チェリー〉と呼ぶあなたのかすれた甘い声が私の背中越しに響く。あなたが私に好意を持っていることは十七歳の少女にはわかっていた。あの頃、高らかに青空に舞い上る雲雀のようにトランペットを吹くあなたの横顔を、私はトニオ・クレーゲルがハンス・ハンゼンを見るように憧れと嫉妬の交錯した感情で見ていたのだ。〈Mさんの坊ちゃん　K大学の大学院を出たら外交官の試験を受けなさるそうよ〉私は黙って銀のスプーンで馬鈴薯のスープを啜っていた。十八歳になった夏の真夜中だった。眠れなかった私は二階の踊り場の窓からあなたと牧師が教会の階段の下で向い合っているのを見てしまった。やがて牧師はあなたの項垂(うなだ)れている頭に手を置いて長い時間祈りだした。あなたのくちなしのような白い顔、項垂れているあなたの百合のように白いうなじ。〈Mさんの坊ちゃん　外交官になることを断念して牧師になる決意をなさったそうよ〉私はやはり黙って露に濡れた巴旦杏の皮を剝いていた。やがてあなたは東京の神学大学に行き、私は丘の上の女子大学へ通った。あの四年間ですべてが変容したのだ。私は文学という底なしの淵に足を滑らせ、自分の中のデモーニッシュな部分に真向から対峙し、バランスを崩しかけていた。私は自分が何物であるかはまだわからなかったが、牧師夫人という夢は、もう自分には無縁のものだということだけはわかっていた。大学を卒業した夏だった。〈Mさんのお母様が家にお来しになってね。坊ちゃんのお嫁さんにあなたをいただけないかと言ってこられたの。でもお断りしたわ。うちの娘には牧師夫人はとてもつとまりませんと申しあげて……〉　私はやはり黙って鰺のマリネを銀のナイフで切っていたが、口には入れなかった。娘に聞かずに断った母を憎んではいなかった。牧師夫人の日常生活は、婦人牧師をしていた母が一番よく知っているのはわかっていた。私はあなたに魅かれていたが、互いに魅かれあっていても共になれない人生がこの世にはあるのだということを、深い諦めの思いで味っていた。今日、三十五年ぶりにあなたを見た。平城宮跡のどこまでも続く新緑の海原の中央の苔生した石段の真上で、あなたは銀色のトランペットを高らかに青空に向って吹き鳴らしていた。この三十五年間、人間という大海原の中で、何度も座礁し、溺れかけながら、闘い続けてきた三十五年間、信仰だけは捨てなかった。そして理解したのだ。あなたのように青空高く飛び立つ雲雀のように高らかに天に上昇する信仰と、私のように地に這う蛇のように苦しみ模索しながらの信仰があることを……。あの頃もう少し複雑でない魂を私が持っていたら、自身の息子になっていたかもしれない少年の美しい横顔を、日没の平城宮跡でいつまでもいつまでも私は凝視(みつめ)つづけていた。

神戸　はじまりの歌

変わってしまったことがあって
変わらないことがあって。
あっというまにとか
いつのまにとか。
そのままずっと
いつまでもとか。

焦げた木がけんめいに
枝葉をのばしていた。
震えた木が力のかぎり
花芽をつけて揺れていた。
さわやかな葉叢のさやぎ
眼にしみる花のかがやき。

あの日に生まれた子が
大きくなってすでに小学生。
小学生だった子が
今はもう大学生。
七年のこぼれる笑顔
二五五七日の溢れる願い。

安水　稔和（やすみず　としかず）

1931年、兵庫県生まれ。詩集『有珠』『安水稔和詩集成』。日本現代詩人会会員。兵庫県神戸市在住。

あのとき亡くなった人は
いなくなったのではない。
あの人はわたしのなかで微笑(ほほえ)んでいる
わたしが忘れないかぎり。
あの人たちはわたしたちといっしょに生きていてくれる
わたしたちが生きているかぎり。

残らないものがあって
残りつづけるものがあって。
遠のき和らぐことはあっても
消えてなくなりはしない。
炎の記憶を胸に
熱い風の記憶を背に。

今はいのち
生きていることのよろこび。
今はことば
生きてあることのはじまり。
今こそ光るいのちと光ることば
重ねてはじまるはじまりの歌。

神戸大震災

１９９５年１月17日未明、阪神淡路大震災が発生した。
私はその６日後、やっとの思いで神戸の街をさ迷い歩いた。

引き裂かれた空の下に
　灰色の死せる荒野が広がる
神仏に裏切られた街の残骸が
　瓦礫の山をいくつも築いている
寒風が乾いた埃を舞い上らせ
　完膚無きまで心身を打ち砕く
一匹の黒猫がうずくまっているが
　生きているのか死んでいるのか

人々は自我を失い
　ただただ潰された家の前にたたずむ
屍は掘り返えされて横たわり
　白日の前にさらされている
むせぶ声は涙とともに枯れはて
　廃墟にただよう消え掛かる陽炎
やせ衰えた犬がさ迷い
　今は亡き主人をさがしているのか

一面の焼野原は未だにくすぶり
　大震災の後の追い打ち
揺れ動く内面に一撃を加えて
　なすべき術のすべてを無くす
立ち登る煙りは死臭とともに
　怨念を舞い上がらせている
痩せた月が孤高に輝き
　西に消えようとしているではないか

川口　田螺（かわぐち　たるい）
１９４４年、大阪府生まれ。児童文学小説を電子出版。（社）日本児童文学者協会会員。詩誌「角」「がるつ」。福井県敦賀市在住。

印南野

それから
小さくため息をついた
わたしの裡（うち）がわで
鬼もいっしょに

印南野（いなみの）
鬼の多い地だった
野中の清水
地図を広げれば
神戸市西区岩岡町野中
ほそく清水川が流れている
落とした手桶は
よもや　そこではあるまいに

荒ぶる国つ神
まつろわぬ国つ神
姫鬼　子鬼　爺鬼　婆鬼　ぞろぞろぞろぞろ
徘徊していた、かつては水のとぼしい台地
今は
おびただしい数のため池が掘られた

江口　節（えぐち　せつ）
1950年、広島県生まれ。詩集『篝火の森へ』『オルガン』。詩誌「多島海」「鶺鴒」。兵庫県神戸市在住。

律儀で勤勉な人里よ
けだし鬼とはなりがたい地となったが

「いで喰らおう　いで喰らおう」
ささやかな願いだ
鬼のしわざにして何か悪い
「いで喰らおう　いで喰らおう」
鬼の声が耳に響く、人間の声で
やすやすと鬼の上をいく、人間の声で

わたしは小さくため息をつく
やぶにらみの
遅れて来た鬼の裡（うち）がわから

—狂言「清水」

ハナミズキ

諭鶴羽山（ゆづるはさん）からの突風に
三原平野の稲穂の青が
扇のように広がり
海へと通り抜けていく

鄙びた石積みの上田池（こうだいけ）ダムから見える
この風景は
私が生まれ育ち
若い頃　大切な人と出会った

雨が上がり青空に
淡いピンクや白のハナミズキの花が
咲く季節を何度も迎え
互いに子育てを終え白髪交じりになったけれど

青空に白やピンク　赤のグラデーション
風が吹いて花は揺れ
私の前を歩く黒髪の　少女のポニーテールが
風とともに左右に揺れていた

ああ　そうだ！　四十年前の君だ
長い年月　会っていなかったけれど
いつか会えた時　恥ずかしくない人生を
お互いに前を向いて生きてきた

私は　ここにいる
再会した君と
懐かしいダムの
ハナミズキの淡い花の下で

狭間　孝（はざま　たかし）
1954年、兵庫県生まれ。詩集『朝焼けの詩』『福祉の思いをつなぐ』。詩人会議、文芸日女道会員。兵庫県南あわじ市在住。

兵庫県芦屋市、第三チームはどこへ消えたのか。

承平年間（九三一年〜九三八年）頃、源順（みなもとのしたごう）撰。分類体和漢対照辞書、『和名類聚抄』（わみょうるいじゅしょう）に、摂津国菟原（うはら）郡葦屋郷とあります。
昭和一五年（一九四〇年）市政施行、芦屋市となります。
渡邊萬太郎先生は、八代〜一〇代芦屋市長（一九六四年〜一九七五年）でもありました。

昭和二三年（一九四八年）、ぼくは芦屋市立山手小学校の四年四組だった。男の子の遊びの主役は野球だった。

総勢五六人中男子三一人のぼくのクラスに、一時期、チームが三つ出現した。

最強は第一チームである。革製のグローブを装備した。大柄、裕福な家の子どもで構成され、学業成績五番と六番が主力選手だった。両人の進学先は男子の難関校、灘中学。他のメンバーも、メソジスト系の総合大学や旧制七年制高校が衣替えした小人数の大学の付属など、私立中高一貫校におさまった（ちなみに成績の上位三人は女の子で、一番二番は花嫁学校の名門甲南女子中学、三番は女子の難関校神戸女学院中学に進学。男子の成績は四番からだったな）。

二軍的存在が第二チームだった。彼らのグローブは主として布製で（そういうのがあったのだ）、運動能力、学業ともに平均的だった。

特筆されるべきは第三チームである。

というのは、このぼくが所属していたからである。グローブだが、練習初日、布製が一つあっただけで捕手が使用したな。

第三チームは（ぼくをのぞいて）背丈が低かった。ぼくの記憶では学校給食の再開って昭和二三年なのだが、それまでは弁当代わりに水筒持参の子がいた。粥を入れていたのだ。食事時間、黙って姿を消す子もいた。行先は、水飲み場ではなかったか。

ぼく、小児喘息。天井向いて寝ているだけの毎日毎日。なぜか登校日数まるで足りんまま進級して、それって渡邊萬太郎校長の指示と聞いている（理由は聞かされていない）。

間瀬　英作（ませ　えいさく）
1937年、大阪市生まれ。長野県北佐久郡在住。

喧嘩も弱かったな。ヘルニアだったから脱腸帯とられると腸が鼠径部からはみだすのだ。つまり第三チームとしては、頭数揃えたいだけの人事なんだろうが、うれしかったよ。世界がぼくを認知したのだ。

チームは短命だった。子どもの社会もまた、社会勢力論が教えるとおりの成り行きである。メンバーはチームどころか学校からも消えた。家賃はもとより、よろずコスパがよろしゅうない芦屋市なんかに居ることはないのだ。

ぼくの職業人生は月給取りだった。月給取りだから上司がいた。

旧陸軍軍曹。前の戦争の末期、ルソン島リンガエン湾守備の混成第五八旅団所属。飢えて人肉を食したという噂が終生つきまとった。ぼくは尋ねたけど。返事はなかった。

「人生、おもろいことはなんにもなかった」と、いっておった。グループ売上高五兆円の総帥、勲一等・瑞宝章の主が、である。

機会不平等・結果不平等のこの国で、第三チームのその後はどうであったか。

ぼくには、YOU TUBE で聴く詩がある。

第三チームの応援歌だと勝手に思っている。レニーが振ったマーラーの「復活」、イーリー大聖堂一九七三年収録盤。終わりまで二八分二九秒残したところからジャネット・ベーカーが歌う邦語字幕の章句である（どなたの訳なのか、ぼくはしらない）。

詩人はフリードリヒ・ゴットリープ・クロプシュトック、一八世紀ドイツの人である。

ああ　わが心よ
信じなさい

お前が何も失って
いないことを

すべて　お前のものだ

お前があこがれ　そして愛し
得ようとしたものは

おお　信じなさい　お前は
いたずらに　この世に生まれ
理由もなく　苦しんだのではないことを

マキノの虹

真田　かずこ（さなだ　かずこ）

1952年、島根県生まれ。詩集『新しい海』『奥琵琶湖の細波』。詩誌「山陰詩人」、個人誌「トンビ」発行。滋賀県高島市在住。

虹が出る
生涯に数えるほどしか見られないと思っていた虹
湖（うみ）にも山にも一重に二重に
もう数えきれない

寒い朝
見渡すかぎりの湖面より
白くゆらめき立ち昇る蒸気　けあらし*
湯けむりの中　水鳥のどかに

日々遠のき近づく
竹生島（ちくぶしま）
松の向こうにおぼろの日
手が届くほど迫りくる日

魚が跳ねる
群れなす鳥が追いかける
青い湖（うみ）の上
碧い空の下

雲が
山々の肩を抱く
その手はやがて
日本海から雨を連れてくる

炎天に
真桑瓜の黄　山積みに
昼下がりの
無人販売

雪がくる
山に二度　三度目には里にくる
木々はガラス細工のように輝き
湖畔は白く弧を描く

ながい長い並木道
メタセコイヤが空を切る
萌えるみどりに深緑　煉瓦色に純白で
スッパリ空を切り開く

*けあらし＝海面・湖面から立ち上る水蒸気が、陸上からの冷たい空気に触れて発生する霧。

湖北の水

湖畔の道を歩いている　南から北へ　琵琶湖の風景が少
しずつ変わっていく　北の水は影を感じさせる色だ　苦
と忍耐を経て建てられる藍色が静かに拡がっている
昔から湖底にはいくつかの村が沈んでいる　と伝えられ
てきた　大地震による陥没である
死は生の裏となって　近江の里を守っているのだ　横倒
しになったままの大きな墓石も見付けられた

摘み取られた蓼藍の葉は　一旦死んで　色という姿に再
生する　むんむんする室(むろ)の中で暖め　切り返し　水打ち
をし　灰汁をかけて粘りが出るまで搗(つ)き　藍甕に移して
熟成させ　発酵させる

死者は体温を失って冷えを体験する　再生のためには太
陽の暖さ　人のぬくもりが不可欠だ　紺屋*の土間は年中
温暖に保たれていて　藍師は赤子を育てるように毎朝
藍液を舐めては　藍の御機嫌を聴き　手当てをする　衰
えてきたら良質の酒を撒いて励ます　藍育てほど手のか
かる仕事はないというのが通説だ

湖北の村は影の教えを受け継いで繭を作り　ひっそり穏
やかに暮らしている　在所毎に観音様が住んでおられ
戦火の折には村人がわが村の仏を背負うて逃げたことも
あった

湖に陽が差すと　湖水はゆっくり歓喜の踊りを舞いはじ
める　暖められて　藍が湖底から　浮き上がり光りはじ
める　湖水に向かって立ち上がる観音仏

*紺屋……染物屋

下村　和子（しもむら　かずこ）
1932~2014年。兵庫県生まれ。『下村和子全詩集』、詩集『手妻』。詩誌「叢生」、文芸誌「原石」編集発行人。大阪府大阪市に暮した。

旅路

父の故郷は
近江富士の麓
湖北　長浜市八幡中山
生家は村の八幡宮のそばにあった

産土（うぶすな）の地を離れたのは二十歳前のこと
そのときにはもう家を継ぐことはないと決めていたのか
京都に出てあっという間の半世紀が過ぎ
父は六十九歳で没した

雲州（うんしゅう）を発ったわが先祖が
旅路の末
長浜に住みついたのは二百年前
戦後　多くの土地を失ったというが
今も生家は蔵もある物もちの家

当代になって
築百年余の古民家は壊され建て替えられた
水苔の揺れていた井戸の水はとうに涸れ
祖父が愛でていた
あまたの錦鯉の泳いでいた池も埋められた
晩年　病床の父が
あんなにも帰りたがっていたあの家は
もう　ない

秋のおわりの雨のそぼふる琵琶湖線
長浜駅の木の駅舎はすでになく
緑の田園は訪れるたびに姿を消していった
伊吹山の山肌は削り取られ
伊吹の神の伝承とともに沈黙するばかり
変わらぬものは琵琶湖の水の冷たさだけか

故郷の家に灯が点ると
硝子戸のむこうに人影が揺れる
父がいて母がいる
懐かしい笑顔でいる

旅路のおわり
比良山を越え琵琶湖を北へと渡ってゆく風に
父は想いを託したのだろうか
今日も　静かな湖面に細波は立ち
向う岸は靄（もや）に霞んでいる

浅山　泰美（あさやま　ひろみ）
1954年、京都府生まれ。『京都　夢みるラビリンス』『ミセスエリザベスグリーンの庭に』。日本文藝家協会、日本現代詩人会会員。京都府京都市在住。

根本中堂

草薙　定（くさなぎ　さだむ）
1957年、栃木県生まれ。詩集『幼形成熟』『西の城門』。
詩誌「橋」、日本詩人クラブ会員。栃木県栃木市在住。

雲は浮き島の群れとなって流れた
切れ間から頬に届く冬日の温もり
昨晩の冷え込みは山の頂にだけ
細やかな墨絵の濃淡を置いていった

遥か下方に
静まる琵琶湖を置き去りにして
ケーブルカーは山上の駅へと登って行った
言葉も凍てつく季節に訪れたことの
幾許（いくばく）かの逡巡を引きずって

　ねがはくは　妙法如來　正徧知（しょうへんち）
　大師のみ旨　ならしめたまへ
　　　　　　　　　　　宮沢賢治

大正十年　賢治がこの地を訪れた際　詠んだ歌である
日蓮に心酔した賢治
浄土真宗を篤く信仰した宮澤家
相容れない父子の確執
日蓮も親鸞も出自をさかのぼればたどり着く
根幹を確かめる和解のための旅であったという

杉木立に囲まれて
堂内は冷え冷えとした空気が張りつめている
信長の焼き討ちに燃え落ちた時を除いては
開山以来連綿と灯し続けてきた「不滅の法灯」の光
御仏（みほとけ）の足下で独り教本を読み上げている僧侶
何人もの観光客が背後を通り過ぎても
揺るぐことのない一点に座している

秘儀のような所為は
何かを見いだすための自己との対話か
それとも迷いを捨てた無想の帰依か
信仰を持たぬ行きずりの旅人には分からない
時が経巡り　座す僧は変わっても
受け継がれていく何かがある
ただそのことに思いを馳せるのみ

戻ることの逡巡を携えて
旅人は降りて行く
賢治も見たはずの青い湖面へ向かって
街は青いと気づかぬ日常を湛えている

補陀落

北條　裕子（ほうじょう　ひろこ）
福井県生まれ。詩集『花眼』『補陀落まで』。
詩誌「木立ち」、日本現代詩人会会員。福井県坂井市在住。

散るはなびらに　囲まれて
湯に　つかっている
はなびらが　あわただしいので
身体が　思うようには　ほとびていかない

今日も脚が痛かった　動けなくなるのは　怖い　うずくまったまま　生きていくのは　もっと怖い　それで　階段をつたい歩く　たどたどした動きが　たどたどと纏わりつく　この身に代わる　木の下闇がざわめいて　もうすぐ夏だ　痛みの鋭くなる季節　脚をさすりながら　戸袋をあけて　そこから通ずる暗がりに　あのひとはいるのだろうか

ここにいるよ
ここにいるよ
ささやく声が聞こえて

あのひとが死ぬ間際まで　使っていた化粧水を　今　私が使う　あのひとの皮膚ににじんでいた汗がいくたりか　私の上をつたう　風が吹いてきたので　水が斜めに流れる　手の甲のほうでその水を堰きとめる　見あげると空が青くて　しんそこさびしかった　声のするほうに顔を向けても　誰もいない　風が盲いて　しらじらと色褪せて

あくる日
誰かれかまわず
電話をかけて
いったい
誰の声が聞きたかったのか

あのひとは水の中に溶けていて　いったいどこに動いて行ってしまったのだろう　確かに水は堰きとめたはずなのに　そのことを電話で　聞こうとしていたのか　受話器からはもしもしという　私の尋ねる声だけがしたたって　失うことは忘れることではないのだが　もしもしと問う声は　痛む脚にも纏わりついて　風がまんべんなく　空の上のほうの隅のすみまで　吹きわたって　遠くまで　呼ばわる声がとどいて

生きていて
もう死んでいくものの気配　もの
離れていって
もう戻らない気配　もの

水ではなく　風に纏わりついて
わが身を　ひとり　いつでも　いつまでも
掻き撫でて
声が罅われて
巡りながら巡られながら
風が流れていって
あのひとの亡骸をこそいでいって

高畑という地名

武西　良和（たけにし　よしかず）
1947年、和歌山県生まれ。詩集『鍬に錆』『てつがくの犬』。
詩誌「ぽとり」「ここから」。和歌山県岩出市在住。

高畑という土地の名は
底を流れる貴志川（きしがわ）から遠く離れ
山頂の畑に鍬を担いで
農夫が坂を登るところから来ている
そしてそこで鍬を打つ農夫の汗

高畑の西隣りの集落
赤木という地名は光から来ている
赤く沈む夕陽
そのあとに続く暗い夜の先端
赤木は貴志川の南側に
北向きに点在する
さらに川下の鎌滝という地名は
高畑の人々から見て
草を刈る鎌

鎌の切れ味は上神野村の中心
村はさらに多くの集落を包み込む
高畑は空高く上った畑のその上の空から
村を見わたす

そこに住む人々はいつも見上げてばかりで
畑まで山頂に登ってしまった
高畑の地名は斜面の畑を耕す
うつむいた姿勢から来ている
背中で青空を見ながら
畑は山頂に上っていくのになかなか
空の青さが見られない

計画というクモの巣を払いのけて
ぼくは山畑に上る
山道に宛先はあっても
途中の道は千切れ千切れ
あちこちにクモの巣が地図を示しているが
どれ一つとして役に立ちそうにない

鍬を握って畑を耕そう
汗を流そう
その汗で昼間見えなくなっている
星の光を磨こう

汗が乾いた夕暮れにはあの星空が
輝き始めるようになるかもしれない

空に近づきたくて
山頂まで畑をつくったが
畑を耕す人々がいなくなった
高畑の人々の労働を
木々の生長が隠していく
ひっそりと

高畑を掘る

鍬をもって畑を
掘り起こし続ける

汗をかいて疲れ
鍬にもたれて空を見上げても
空から何も下りては来ない
長い休眠状態を経て今掘り返され
形が見え始めているのに
何一つ明らかなものはなく

汗を拭いて仏間の畳の間に入ると
父と母の写真がほほえんでいる
祖父母の写真も隣からほほえむ

仏壇のなかではなくなった家族の位牌(いはい)が
薄暗い中に光っている
母や父が耕し世話した畑は
もうどこにもなかった
ぼくは山に還っていた土地を切り開き
土を掘り起こし始めた
固くなった土地を掘り続ける
そのなかにこそ家族で過ごした時間が
埋まっているはずだ

土は表面は掘り起こせても
下の方は石や岩と混じって固く
なかなか開こうとしないが
ぼくは掘り続ける

鍬の刃が立たなくなったら
ツルハシに持ち替え掘り続けよう

鬼―白崎海岸の辺り

くねくねと曲がっていくと

ここは　白い
尖った岬が白い
太平洋から集まってきた紺碧の海に　強い風が吹く
ここは　青い

鬼の歯をもつリアス式海岸
その糸切り歯の岬は純白だ
人はここへ来ると為す術もなく白い岩に立ちすくむ

鬼の歯茎（はぐき）で人々はひっそりと漁を営む
野菜を植え　果実を取り
鬼を怒らせてはいけない　ウミガメを遊ばす
いちど鬼を怒らせると　清姫のように火柱を吹く
怒りの鬼は歯ぎしりをたて　人々を海へ放り出す
すぐそこは稲叢（いなむら）「稲むらの火」を伝えた

鬼は　しんぼう強い
いつも孤独で

大波を呑み込み
夕日に口元を　美しく飾る

自慢の白い糸切り歯の周りを
人々は思いおもいの彩りを着て
蟻のように岩肌を撫ぜると
鬼は　光を浴びて大口を開いて　笑う

※この美しい地域の側「由良原発予定地」を県民で止めた。

秋野　かよ子（あきの　かよこ）
1946年、和歌山県生まれ。詩集『夜が響く』『細胞のつぶやき』。詩人会議、日本現代詩人会会員。和歌山県和歌山市在住。

霊は京都で

生地のせせらぎ　鴨川は
幼い頃の水泳場
冬にはシベリアから戻る水鳥を迎え
白い飛鳥は私の仲間

比叡下しの風に乗り
水鳥の背後に霊が
故人となった家族が
今の京都に　望みを送る
表現を想う私に　未来の書状を託している
水鳥と霊と私
再会する場所は京都の鴨川

鴨川で

流れの音に遮断され
響きをＢＧＭに
作る空間　この書斎
水の活力は
残る時間と永却の淵を示し
語り続けて

川幅一杯の白い落下は
水鳥を迎える大スクリーン
泡散る浅瀬に
般若の面も小面も沈ませて
晩秋　一人岸辺の
難路の地図帳
流れの奏でる底力に
亡くした家族の
京都を研ぐ

陽光のもと
渡る水の面の表情
生地の川　青の霊
死者ののぞみは
空の書状の帯を　流し続けて

この環境よ
未来への夢抱き
ふるさとの京の街
永遠に

安森　ソノ子（やすもり　そのこ）

１９４０年、京都府生まれ。日英詩集『紫式部の肩に触れ』、詩集『香格里拉で舞う』。詩誌「呼吸」、日本現代詩人会会員。京都府京都市在住。

第五章　中部の地名

浜田　知章（はまだ　ちしょう）

1920～2008年。石川県生まれ。『浜田知章全詩集』、詩集『海のスフィンクス』。詩誌「山河」「列島」。神奈川県藤沢市に暮らした。

閉された海

幾百羽。幾千羽。
防砂林に帰つてきて
高くなつた潮騒のなかに眠り、
霽れていく碧霧の下を縫つて
なめらかな瀉水の上に
風雪の忍従を流してきた鴉の群だ。
一九五三年
内灘の揮発した夏空を覆う
不吉な乱舞の果てに
しずかに羽根をたたみ
垂直に、落下してきたのだ、
一羽二羽五羽　十羽……
嘴を灼熱の砂に突込んだまま焼けただれていた。

いま、せりあがる砂丘の稜線に
うす汚れた海が覗き
鉄柵をめぐる白い波頭は
どよめき、崩れ
泡立ち
沈黙の砂を洗つているが、
暗い湿田や
古い農工の褶曲から
えぐり出してきた
貧しい部落に
何万燭光かのサーチライトがあてられる。
真赤に燃えあがつた
残忍な磔刑は
鉛のようにぐんにやりのびた
日本の都市へと
はげしくうねつていくのだ。

迫撃砲。榴弾砲。
ロケット砲。原子砲。
それら無数の砲口に照準され
しだいに
囲みはせばめられた。
縦横の弾道をひいて
幾万発の兇器が打ち込まれる
傾く小さな島の心臓部に向つてだ。

その轟音に耳をふさぐな！
縛られた海の慟哭に泪するな！

縄文の里

一、遅羽村（おそわむら）、三室山（みむろやま）、ほうき、などの村落名

「華頂要略」巻五五の[1]「慈源所領注文」に「遅羽庄」が見える。

「平泉寺賢聖院院領目録[2]」には「遅羽村」がある。これに、遅羽村の各村（集落）として見えるのは、北山総社之前・北山之山口、おおフクロ（大袋）ノ清水、蓬生村で、これは「顕如書状[3]」にも見える。

「越前国絵図[4]」では、遅羽地区の村として、ほうき、下荒井の二つがみえ、元禄十六未年（一七〇三）の絵図には「御室山（みむろやま）」がみえる。

『朝倉始末記[5]』には「中島」、これは比島村の枝村中島村、がある。島田将監は壇の城を拵えたと伝える。

二、九頭竜川（くずりゅうがわ）、三室山、ほうき、橋本左内、縄文の里

九頭竜川は岐阜県油坂付近に源を発し、真名川を併せ、下荒井を通過し三室山にぶつかり、ほうきで、崖と淵を作った。古代、山の右岸に縄文人が住み着いた。集落の遺跡が地下一メートルに現存し、いま遅羽町は「縄文の里」という。私はこの遅羽町（現在九つの集落）への思いを『縄文の里　讃歌』（二〇一五年刊）に詠った。

九頭竜川は山を巡り、幾多の町村を通過し伝説を残し坂井市三国町で日本海に注ぐ。流路延長一一六kmである。川は古名、崩れ川の転かといい、上流の湖に眠る龍が暴れ下ったという伝説もある。幕末の橋本左内（一八三四―五九）は七言四十句の漢詩「九頭竜川の図を見る」で、流れ下る川の有様、釣りを楽しむ人びと、眠りから醒めた竜が暴れ下り、やがて川が治まる、と書き、安政の大獄で囚われた己を嘆き、昔を懐かしむ情を述べている。昭和二二年（一九四七）福井大地震で被災した松岡町の寺の過去帳で遅羽町ほうきの江戸中期までが少し判る。三室山麓先祖伝来の土地は昭和二八年（一九五三）県文化財に指定。ほうき出生の私は縄文人の子孫である。

（1）天福二年（一二三四）の文献
（2）天文八年（一五三九）の文献
（3）天正三年（一五七五）の浄土真宗本願寺第一一世・顕如（一五四三―九二）の書状
（4）慶長十一年頃の越前最古の国絵図（松平文庫蔵）。元禄十六年絵図（松屋文書にあり）。
（5）寛文十二年（一六七二）心月寺本が成立した。

前川　幸雄（まえがわ　ゆきお）
1937年、福井県生まれ。詩集『前川幸雄詩集』『縄文の里讃歌』。文学総誌「縄文」、日本詩人クラブ会員。福井県福井市在住。

信濃川

少年だった頃は　長岡藩士の家系として育った
今日も朝の鼓の信濃川に遊ぶ

早瀬はわずか膝くらいの深さでも
若鮎がつぎつぎと脛（すね）にあたり　心地よい会話がつづく

北越戦争で血に染まった大河
上杉謙信の遺伝子か　徳川に義をつくし戦った

生きるとは　国の大事に死ぬるとは
精鋭は心残して力尽く

時ながれ文明開化で鉄道が敷かれたが
本丸跡は鉄路の下に埋まり　屈辱に歯を食いしばる

やがて彼はあえて火中の栗を拾い
連合艦隊の司令長官に
劣勢での挑戦は越後の雪風土

「云（い）い度（た）いこともあるだろう」＊
上に立てば立つほど　痛いほど
名将でも深淵の我慢があったのだ

非戦闘地域の長岡空襲
復興の傷が癒えた時に襲いかかる
自然の猛威　新潟地震

どこまで　いつまで　踏みつけたら
魔神は気が済むのだろう

越後三山　八海山
令和の少年少女は境をこえ
ギンヤンマは稲穂に遊ぶ

心あらたに偲々（しし）たる越後の空に
鎮魂と　懺悔（ざんげ）をこめて
お盆には白菊の花火を供えよう

滔々（とうとう）と流れゆく　夜の信濃川
満月にしっとりと枝垂れの花
沈黙の河を照らす白と青と紅の光

＊山本五十六名言集『男の修行』

出雲　筑三（いずも　つくぞう）
1944年、東京都生まれ。詩集『大手門』『五島海流』。
日本詩人クラブ会員、「花」同人。埼玉県所沢市在住。

惟神(かんながら)の徒

阿部　堅磐（あべ　かきわ）
1945年、新潟県生まれ。詩集『八海山』『円』。
詩誌「サロン・デ・ポエート」、日本詩人クラブ会員。愛知県刈谷市在住。

四月の越後湯沢
峠道をバスは上る
清津峡を右に眺め

ホテル近くの高台から
懐かしい山
雪の八海山を仰ぐ

あの山の麓に
八海山神社がある
私はかつてそこで神社奉仕をしたことがある

二合目には猿田彦の霊場がある
亡父と亡母と亡兄の霊神塔が眠っている
暖かくなったらお参りにいこう

甥のタツヤの話だと
五月には〝火渡り〟があるという
甥兄弟はその行に参加するという

五月といえば
故郷三条では春祭の大名行列がある
そこでも甥の光(こう)ちゃんが天狗に扮するという

亡兄が喜んでいると密かに思う
惟神の徒がまた二人ふえたな
と私は静かに笑みを浮かべる

尊い霊峰を見上げながら
白い雲の流れを
はるかに凝視する

美ヶ原台地

百曲りの細い坂道を登りつめると
雄大な草原が眼に飛び込み
溶岩台地が波打ちうねる
右側に美しの塔が座り
その先に山本小屋の赤い屋根がみえる
山頂のホテルの横に
電波塔が朝日を浴び銀色に光る
谷間を埋めたもみの林が茂り
のどかな牧場に牛がゆったりと
草を食べる自由な囲い
天地はかけ離れた遠い世界にあった
王ヶ頭(おうがとう)ホテルの展望台でくつろぐ
三六〇度の眺望を眼前に置き
北アルプス連峰の岳の名を記す
絵図と照合しては頷く
平原を渡る風と光
秋の気配をふりまく草花と
ブルー空を呼吸しながら
万華鏡に映る夏の日を拾った
ピンクのヤナギランが咲く山道を
下って登ると
王ヶ鼻(おうがはな)の岩壁の上に立つ
五体の石仏が慈悲の顔を黙し
旅人を迎えてくれた
眼下に広がる盆地に川は悠々と流れ
集落は固まって点在し
整った田畑が青々とみえる深い地層
この頂きまでいくつもの山が重なり合い
盛りあがって
鼻のように突き出た絶壁につながる
美しい造形に魅せられた高原に
創造者が降りたった日のことを
思い浮かべる
まほろばの地に寄り添う

片桐　歩（かたぎり　あゆむ）
1947年、長野県生まれ。詩集『美ヶ原台地』。長野県詩人協会会員。長野県松本市在住。

伊豆半島

小山　修一（こやま　しゅういち）
1951年、静岡県生まれ。詩集『人間のいる風景』。
岩漿文学会会員、詩誌「風越」。静岡県伊東市在住。

およそ二千万年前
太平洋の遥か南の海底深くから噴き上がった火山群が
浮上し、時空を漂い
やがて日本列島に激突合体して
地殻変動や噴火を繰り返し
山々と岸壁と砂浜を擁する現在の地形になったという

伊豆山　熱海　錦ケ浦（にしきがうら）　来宮（きのみや）　伊豆多賀　網代（あじろ）　宇佐美
伊東　川奈　城ケ崎　池　十足（とおたり）　富戸（ふと）　八幡野（やわたの）　赤沢

溶岩は大地を焼き尽くしながら紺碧の海に雪崩落ち
柱状節理の断崖絶壁となった
伊豆七島が見え隠れする道路は曲がりくねり
枝分かれて山里に向かい
ゆるゆると海辺に下り
歴史を秘めた宝石のような地名が
粛々と嵌め込まれて続いていく

熱川　奈良本　片瀬白田（かたせしらた）　稲取　今井浜　河津　湯ケ野
湯ケ島　月ケ瀬　嵯峨沢　修善寺　天城　冷川（ひえかわ）　韮山

函南（かんなみ）　古奈（こな）　白浜　須崎　下田　大加茂　蓮台寺（れんだいじ）　田牛（とうじ）

かつて流刑の地であった半島には
波穏やかな海路を
獣道のような陸路を
事情を抱えた人々や知恵ある人々が往き来し、住まい
魚介類を獲り、険しい山岳を切り開いて田畑を耕し
湧水の記憶に寄り添い、等しく水を分け合い
山海の恵みに感謝し、神仏を敬い
結（ゆい）の心で暮らしを紡いできたのだろう

上賀茂　下賀茂　弓ケ浜　波勝崎（はがちざき）　石廊崎（いろうざき）　入間千畳敷
妻良（めら）　小浦　石部　雲見　岩科（いわしな）　三浦　松崎　仁科　堂
ケ島　田子　大沢里（おおそうり）　安良里（あらり）　黄金崎（こがねざき）　宇久須　土肥（とい）

三方を海に囲まれ
母胎の形状（かたち）した半島の
西に南に東に分布している風待ち港を愛撫するように
今日もたおやかな子守歌の旋律の
太古の波が打ち寄せている

帰郷

魚津駅を出て左に曲がると昔ながらの細い道だった。生家のあった仏田に向かった。途中から家が立て込んで村の面影など全くないが道だけは記憶の方向に延びていた。

家は見つからなかった。門や外回りの石垣だけでもと探すが、同じようなタイル張りのスマートな塀に囲まれた庭もない家ばかりで樹木の一本もない。露地のように狭い道は車も人も通っていなかった。少し行くと古ぼけた平家が道にはみ出しそうに建っていたので開け放しの入口から声をかけると、腰の曲がった老いた女が出てきた。

「この辺りにあった白壁の門がある家は……」と訊ねると「そんなものは無い」とわたしを見上げた顔はむかし美人だった女中のきくゑにそっくりだったので「きくゑちゃんじゃないの?」聞いたが、首を横に振って怪訝そうにわたしを見詰めるだけだ。せっかく来たのだから海でも見て帰ろうと思うが記憶にある海の方角に通じる小道が見つからない。さっきの女に聞きに戻ると「海は遠くに行ってしまったから、ここにはない」おかしなことを言う。

結局、海は見えなかった。しきりに子供の頃泳いだり海藻を拾ったりした石ころだらけの海岸が懐いだされた。夏の日には海岸の松を吹き抜けてくる磯の香、きらきら輝き白く泡立つ波、弧を描く遥かな水平線、恐怖に怯えた厳冬に横たわる暗黒の海、そこに立ち上がる幾筋もの竜巻、嵐の夜を這ってくる海鳴り音、生きてきた長いしつき海はいつもどこかで過去の無数のつながりに結ばれていたような気がした。わたしを優しく招いた生まれ育った村も海もほんとうに遠くに行ってしまったのだろうか。冷え冷えと静まり返った家々に挟まれた見知らぬ道を北に向かって歩いた。

宮田　登美子（みやた　とみこ）
1936年~2018年。富山県生まれ。詩集『失われた風景』『竹藪の不思議』。詩誌「へにあすま」同人。千葉県流山市に暮らした。

湖畔の詩人　野澤一
～四尾連湖（しびれこ）（山梨）～

龍が　山の腹に片足をつき
飛び跳ねた跡にできた湖水だろうか
四尾連湖の全景から　そう　詩人は思った。

山の　斜面の小屋で朝餉（あさげ）を済ませ
詩をしたためている　と
樹々の枝葉や野鳥の鼓翼（こよく）が紙面に舞い降りた。
詩人は　床からはがすように尻をあげ
きょうも樹林を下り散策に出る。
湖水をぐるりしている踏み分け道まで
蟻を踏まないようにと歩くので　蟻の方も
森にしみわたる陽光で生まれた
草鞋の　詩人の
素朴な影という分身を　背に負って歩いた。
晩は　淋しさが囲炉裏に迫り来て　詩人は
燈火のなかに独り坐り　手紙をしたためた。

天上をねぐらにしている蝿や蚊　蛇たちも
もう鎮まって　詩人の無垢な呼吸を
ありのまま　そのままに　受け止めている。

生きものも　みんな
みんな　眠る暗夜に　やがて
水面が　天空の神秘で深遠な鼓翼の風を映す。

「四尾連湖」
山梨県西八代郡市川三郷町山保地区の山中にある湖。湖周一二〇〇メートル、水深一二メートルのすり鉢状の自然湖。

【参考文献】
（一）木葉童子詩経／野沢一／文治堂書店／一九七六年
（二）森の詩人　日本のソロー・野澤一の詩と人生／詩・野澤一　解説・坂脇秀治／彩流社／二〇一四年
（三）野澤一詩集　木葉童子詩経　復刻版／コールサック社／二〇一八年

こまつ　かん
1952年、長野県生まれ。詩集『見上げない人々』『龍』。詩誌「あうん」、詩人会議会員。山梨県南アルプス市在住。

河津桜物語

鈴木　春子（すずき　はるこ）
1936年、新潟県生まれ。詩集『イランカラプテ・こんにちは』『古都の桜狩』。静岡県浜松市在住。

桜前線が
沖縄から始まる頃
伊豆半島の東海岸にある河津町から
桜祭りの話題が聞こえ始める

すっかり有名になりその時期は
地元の人たちは道が込んで大変らしい
花の美しさもさりながら
まだどこにも咲いていない
それが一番の魅力か

偶然生まれた一本の苗木から
たくさん増やされ
あちこちに植えられて
もてはやされている

飯田勝美さんが
河津川の河原の草むらの中からみつけ
大切に育ててくれた
そのいきさつを思いやると
何か不思議な運命を感じる

この間の戦争で片目を失っていたそうである
男性とはいえ　心のそこには
憂いを抱えていたのではないだろうか
一人静かに釣りをしながら
何を思っていたのだろうか
趣味で通っていた河原で
桜の苗木を見つけ　庭に植え
十年の間待ってくれる優しさがあったから
貴重な花が日の目を見たのである
お名前に美しいとつけられているのもいい

ソメイヨシノに比べれば花期も長く
大ぶりで紅色も濃い
いい花を残してくださったことに
感謝をしながら
戦争で傷ついた人や
命を奪われた人々に
心からの鎮魂の祈りをこめて
そして平和のありがたさをかみしめながら
河津桜を見上げたいものである

風そよぐ「小垣江町」

家の前に「前川」が流れている
潮の満ち引きには　海のにおいが漂う
岸辺を固める前は
子どもたちが川遊びやシジミとりをした
川である

水位が上昇するので
台風などで　川が氾濫して
我が家も　水没したこともあった
護岸工事が進められ
今では眺めるだけの川になった
オオバンが黒いからだでスイスイ泳ぐ
鵜が潜り　小魚を探す
海からボラがたくさん上って来るから
今日も風とともに流れて
上り　下り　海へとそそぐ

鷗橋には謂れが書いてある
沿革　名称

長谷川　節子（はせがわ　せつこ）

1949年、岩手県生まれ。詩集『手のひらの思い』『春よ来い』。
詩人会議、中日詩人会会員。愛知県刈谷市在住。

古説ニ粢創　孝元天皇ノ御時ニ在リ
東西海ニシテ一ツ島ト称シ
又鷗島トモ称セリ
鷗ノ浪ニ浮シ尾ノ隠レタルヲ採リテ
「尾ガ消」村ト称シ
后（年代不詳）小垣江村ニ改ムト言伝ヘリ

地震や台風が心配だが　住めば都に
ゼロメートル地帯　軟弱な液状化地盤
危険地帯の赤い色付けした地図は
配られてはいるけれど
暮らしている場所から
陽がのぼり　風がそよぐ

母よ　手取湖の村へ

その糸は湖底にゆらめく　藻のようであり
その糸は湖底にゆれる　髪の毛のようでもあり

母よ　うずくまったまま
一日中　糸を巻いている母よ
その糸を離さないでほしい
その糸の先から　あなたの人生が始まり
わたしの人生も続いているのだから
たとえ　指が少しもつれても
まりが完璧な球形にならなくても
その糸を離さないでほしい
いろとりどりの糸は
あの村を思い出させるから
その糸は
あの村から繰り出されているように見えるから

丸ごと村は沈んだ
いくつもいっしょに消えていった
家の前には納屋があり　馬がいた
その奥にははしご段　なぜだか
だれも上らなかったけれど
そこには　こしというものが置いてあり
馬の臭いと草の臭いが充満していた
川原で麻をむす臭い
固い麻布
うつつの病の底では
そんな風景ばかりが見えたと母はいう

母よ　村はまだ　湖底にそのままかもしれない
いってみよう　裸足で
馬小屋もこっぱ葺きの屋根もそのままで
大きな囲炉裏にはいまごろ
火が焚かれているかもしれない
母よ　いっしょに行ってみよう
湖の底には
藻のようにやさしくゆれる小枝
コスモスも泡のようにゆらめいている
ほら　一本しかない村への道も
青緑色の湖の底にかすかに見えてきた

井崎　外枝子（いざき　としこ）
1938年、石川県生まれ。詩集『出会わねばならなかった、ただひとりの人』『金沢駅に侏羅紀の恐竜を見た』。詩と詩論「笛」、日本現代詩人会会員。石川県金沢市在住。

ひとりぽつねんと日がな一日
座ったままの母は　九十歳
すでに湖底の人
だが　糸を離さないでほしい
離せばそこで　村は消える
足元からはい上がる寒さに
湖底に沈んだ石のように動かない母
しかし　その回りを糸は
藻のようにゆらめき
手まりはいくつもいくつも浮き上がってくる
そして　まりの中には
球形の村が見える

母の繰り出す糸は
湖底にゆれる　藻のようであり
それは湖底にゆらめく　髪の毛のようでもあり

＊こし（輿）＝死人をかついで火葬場まで運ぶもの

加賀友禅流し

男川　女川が街を巡る金沢
遥か呼び交わす艶（つや）やかな声
金沢の鈍重な空を明るませる

男川で産湯をつかった鐵山さんは
代々引染職人　胸まであるゴム長靴が似合う
投網（とあみ）のように一枚の友禅を　空中に開く
金沢が　あ　と叫ぶ
黒一点の鐵山さんは宇宙のコア
色鮮やかな一条の加賀友禅
情念の権化　女蛇が放たれる
男川に華やかな裸身を踊らせ　大海を目指すが
寒椿より紅い彼の両手は　めくるめく命を離さない

金沢は底冷えの冬
友禅の糊や余分の染料を洗い流す作業
必要なものはほんの少し
本当のものは質素な言葉と
素朴な働き　やさしさのオーラ
最後の仕上げのため
振り落し　魂削って　祈り織りこみ

徳沢　愛子（とくざわ　あいこ）
1939年、石川県生まれ。詩集『みんみん日日』、金沢方言詩集『咲うていくまいか』。詩と詩論「笛の会」、日本現代詩人会会員。石川県金沢市在住。

腰を折って洗い続ける
加賀友禅に取り憑かれた男に
命を吹きこまれた女蛇は切なくくねる

橋の上から見下す旅人たちは
浮世を浮き立つ水中の宴の賓客

だが　見よ今は　地球はいじめ抜かれ
男川も女川も浅くなり
女蛇の花模様の腹は傷だらけ
　わが半身よ　と逞（たくま）しく空へ叫んだ人は
　わが半身よ　と今　深くしょぼくれる

少し老いた鐵山さんは
町を四角く流れる薄闇の用水で
痩（や）せた女蛇の裸身を洗う
　しゃら　しゃら　しゃら
寂しい水音たて

＊友禅流し…加賀友禅の工程半ば流水で糊や余分な染料を洗い流す。昔は金沢の犀川（男川）、浅の川（女川）でよく見られた風物詩であったが、今は建物の中の人口川や町角の用水で洗っている。

刀利

トウリは　縄文のムラ
義父も義母もそこに生き
死んだ跡には
小矢部川の上流からとってきた
白くて丸い小石をならべた
そこにはカミがやどっているから

ひとびとは　よりそい
ぜんまいや蕨（わらび）
岩魚やばばざっこを捕って
こどもたちに食べさせ　生を繋いできた

短い脚と　太い指
胴は長く　背は低い

大地にふんばり　森をかけぬけ
尾根から尾根をつたって
北海道まで渡っていった

トウリという名のこの谷は
縄文人たちの最後の棲家
「トウリ」はアイヌ語で
「山の上の湖」という
石川県と富山県の境の
人も訪れない深い山の頂にあった

けれども　その山の上の湖は
地殻変動のたびに水が枯れていき
ついに谷になってしまった

一万年も前から縄文人たちがいたその谷は
ある日とつぜん　ダムになり
沢山の水が溢れていった
それでまた「山の上の湖」アイヌ語のトウリになった
やがて　湖底に沈んだムラからは
「縄文人」たちはみな　いなくなった

夫のふるさとと刀利には　もうだれもいない

谷口　典子（たにぐち　のりこ）
1943年、東京都生まれ。詩集『悼心の供え花』『刀利』。
詩誌「青い花」「いのちの籠」。東京都杉並区在住。

桜　散る中で

清水　マサ（しみず　まさ）
1937年、新潟県生まれ。詩集『鬼火』『遍歴のうた』。
詩人会議会員、詩誌「ぼうろ」。新潟県新潟市在住。

私には　三つの戸籍がある
出生は新潟県北蒲原郡（きたかんばらぐん）であり
生後中蒲原郡亀田町 袋津（ふくろづ）に養女となる
亀田の由来は先人が開墾地で亀を捕らえ
「寿万年を経る」として名づけたと伝わる
砂丘地帯亀田町の広大な水田は
腰まで浸かる農作業の苦役を農民に強いた
袋津とは四囲を砂丘に包まれた地形を指し
津は船着き場を表した
袋津を通る二つの水系が今も地下に存在する
砂丘と水系を持つ謎の大地を亀田郷と呼称し
すべて新発田（しばた）城主溝口秀勝の領地であった
信長の本能寺の変から
秀吉の天下統一へと続く慶長三年から百年
領民は大きな支配の中で暮らした
そののち袋津村の開村となる
袋津小学校に通った私には変哲のない道も
初めて通る人には今も迷路となっている

古来　農民の副業だった綿織物は
三百年前に亀田の産業の起源となった
幼い頃は村中が織機の音で賑わっていた
我が家の一角にも家業の織物工場があり
屋敷には食する果実の木が沢山植えてあった
敷地の端に小川がありその先に畑が続き
畑仕事をする父が私を呼び
肥桶（こえおけ）を下げた天秤棒（てんびんぼう）の一方を担がせた

二人で小川に架かる木橋を渡った
畑は人手に渡り小川は暗渠となり
鮒（ふな）捕りや水遊びや父との思い出を封じこめた
結婚一五年目に借金で土地を買い家を建てた
中蒲原郡大江山村北山と住所が変わり
偶然巡り合った土地だったが
今に至れば大きな力に導かれた想いがする

さて　私の最後の地となるであろう北山は
寛永四年（一六二八年）に開村し
兄池弟池（あにいけおじいけ）の伝説を持つ二つの砂丘湖と
松が群生する十兵衛山がある砂丘地帯だった

砂丘は雨を蓄え　その水は池に満ちて湧き
菱や蓮が咲き「越乃寒梅」の銘酒を誇った
三十数回の大水害と幾時代もの大飢饉を刻み
大きな石碑が一三〇本の桜の中で聳える

時は今　砂丘は削り取られて宅地と化し
兄池は埋められてグラウンドとなった
平成の大合併により
出生は新発田市　成育は新潟市江南区袋津
現住所は江南区北山となり
変貌する風景と共に時代はどこへ向かうのか
祖先が苦闘の中で開拓した土地と地名に
愛着は日毎に募り　桜の中をただ逍遥する
そして
歴史の奔流をなぞるように
見えない力にいざなわれて　私は
この地にあり　散っていく

参考文献『亀田の歴史』

植木　信子（うえき　のぶこ）

１９４９年、新潟県生まれ。詩集『その日―光と風に』『田園からの幸福についての便り』。詩誌「花」「山脈」。新潟県長岡市在住。

佐渡島

ゆられ　ゆられ　空と海がとけている波間の縁
奇怪に尖る島に近づいていく
無宿ゆえ　強いられ　働かされ　鬼になった者もいただろう
島沿いに数分ジェットフォイルで航行すると佐渡両津港に着く
金山の町　相川まではバスで行く
風吹白道
世阿弥も通った道
　秘っすれば美・花
どんな秘密が世阿弥に積み重なり美に昇華したのか
胸におさめ流罪の地でもひたすら美を求めた
佐渡の町や村の神社のあちこちに能舞台がある
田植えの終えたころ　村人たちが舞う
田が海に落ち込むように開かれ広がる
合間を白く細い道がくねり
天に行くかのよりに海につづいて行く
　順徳上皇　日蓮　世阿弥
佐渡人は都人を敬意をもってもてなし都の文化を継承した

江戸時代　罪人や無宿人の金山での厳しい労働の悲しみが
佐渡おけさの底流を流れる
顔が見えないように編み笠を深く被り
背筋を伸ばし腰をしゃんとしてきりっとくねる
一つ手は刃のように真っ直ぐに前に伸ばし
もう一つ手は半分までにする
手首、足首の運びが美しさをきめる

外海府（そとかいふ）の海沿いの道は美しくも孤独に透明だ
島の北の突端大野亀に
トビシマカンゾウの薄黄の花が一面に咲いている
岩にも咲き、二つ岩の間に海が見え潮風が吹いてくる
サラサラ　サラサラなるは風　トビシマカンゾウの花
舞っている影の衣
物狂いは世阿弥　戦乱の世から遠く未だこの地で新能を探る
花のまん中で美しくサラサラ舞う懐かしさ
花には秘密があるのだ　だからこんなにも華やかに清々

しい
トビシマカンゾウのひとつひとつが世阿弥の秘密の花、美
風のごとく　天と水がひとつにはかなく消え　つづく命

世阿弥は許しはしなかったのだ
秘密に負わされた罪、辱め、罰心を鎮め
美の鬼のごとく物狂いのようにもおのれの能に結実していった
サラサラ　サラサラ流れた時間
佐渡は佐渡島　佐渡（が）島でも鬼（が）島でもない
潮風が吹き　寂しくも　優しい息がりりしく笛に鳴る

数河峠（すごうとうげ）

古賀　大助（こが　だいすけ）
1955年、佐賀県生まれ。『ポプラが倒れた夜』『汽水』。詩誌「塩」「座」。岐阜県各務原市在住。

細かい雨粒が
チューリップを連ねた落とし鎖から
少しにごり水になってあふれ
コンクリートの割れ目に染みる

読みさしの『魔の山』をひもとく
十八のぼくが遁走したトーマス・マンの長篇
モラトリアムのハンスに
「人生の厄介息子」にまたつきあっている

葉を落とした白樺林が寒い
立木の高さはまちまちで
折れたり　倒れたり
真夜中の木の舞踏を想う

「ベルクホーフ」には水飴の時が流れる
内燃せよ！
エンジニアなんだろハンス
ぼくは黒い活字の森でもがく

チューリップと交差して
魚の住まない小池がかすむ
ボート小屋には人影が無い
風が住む

ぼくは一枚の紙をつくろう
ささやかなパンの選択だとしても
木から紙への旅をシミュレートして
紙というフィルターに時を落とそう

細かい雨が静止する
過冷却の露が傘を持つ手を濡らす
一本道を疾走する甲虫の車が
霧の中を下って行く

雨はやがて雪へ
峠はすっぽり白く包まれるだろう
ぼくはハンスとみつめる
眺望のきかない雪の峠をみつめる

浜みち

自在にのたうち延びる松の根
半身を砂に埋めた樹木
人気のない浜の径をたどる
少し疲れて木陰に座る

前に海が広がる
水平線が大きな弧を描き
潮の香が流れてくる

足もとをアリの行列が
巣穴に吸い込まれていく
セミの抜け殻が　松の木に爪を立て
しがみついたままだ

海岸に沿った砂浜が　急な崖になり
崖の上を松林が延々と続く
揚浜塩田（あげはまえんでん）や地引網など　村人が通ううちに
曲折しながら道が生まれ　浜みちと呼んできた
文明の進歩とやらが　頭をよぎる

地をはう虫の眼は持てず
天翔（あまがけ）る鳥の眼の
広がりと羅針盤もない
叡智（えいち）と呼ぶ傲慢さだけが
終末への道標になっている

湖と川とが海に注ぐ小高い岬
そこで浜みちは途絶える
往古の歩みが造りだした人間のけものみち
ぼくは何百年かを遡行している

関　章人（せき　しょうど）
1937年、福井県生まれ。詩集『在所』。詩誌「角」、福井県詩人懇話会会員。福井県あわら市在住。

紫の稜線

堤防に立ち、初夏の九頭竜川と正対する
両手を延ばす
左手薬指は、源流の穴馬の谷のせせらぎの透明をみる
右手中指は、三国湊の河口の水の温さに洗われる
白亜紀の化石の出る穴馬、江戸に殷賑を極めた三国湊
河原石は同方向に並び、歩むべき方向を語るさま
河原木々にかかる枯れ草は、流れに翻弄されたしるし
「くずりゅう」は「くずれ」からの命名という
堤を崩し、四方八方に広がり村々を蹂躙した歴史

堤防に立ち、初夏の鷲ヶ岳と正対する
山の頂上を視る
目の高さに山頂が、頭部のようにとがり天を鋭く衝く
目で追う、左右対称の羽根のように流れる緑の稜線
足もとから山まで続く稲田、を抱える村々が点在する
妙金島、坂東島、「島」とつく名前の村が今なお残る

緑の田を割って九頭竜川にそそぐ岩屋川
鷲ヶ岳を源流に、今は人住まぬ岩屋集落を抜けてくる
小学四年生の一時期、岩屋分校に学んだことがある

大岩の重なる空洞を抜ける「胎内くぐり」ができた
岩屋観音を祀った神社があり、大杉がある
「不動堂」という姓の家が二軒あった
村の子たちと濃い紫に口を染め、桑の実を食べた

鷲ヶ岳の麓に北郷小学校という名の本校があった
一度だけ身体検査に行った小さな本校
内科検診をして「おい、せむしだぞ」と
校医が言い、背中をどんと押した
聞いて、本校の子たちはどっと笑った
今もある小学校、北郷小学校

眼前の鷲ヶ岳の、さらに向こう
淡い紫の稜線は
生涯という時空の、中空に架かる思い出
心に鋭く突き刺さり、どこまでも透き通ったまま

黒田　不二夫（くろだ　ふじお）
１９４９年、福井県生まれ。詩集『窓までの距離』『キャベツの図柄』。
中日詩人会、福井県詩人懇話会会員。福井県福井市在住。

夕暮れのタウントレイン

上坂　千枝美（うえさか　ちえみ）
１９６４年、福井県生まれ。詩集『ひこばえ』。いまだて児童文学会、詩誌「果実」会員。福井県越前市在住。

雪の朝　雨の夕昏　風吹く夜
どんなときも
一直線に走る

ひとつひとつ
駅を繋いで
たくさんの人生を乗せて
タウントレインは走る

毎夕
息子を迎えに北鯖江駅へ

カタタン　カタタン・・・
遠くから音がして
田園の向こうで
マッチ棒のようだった列車が
ゆっくり姿を現す

北鯖江駅は無人駅
まばらな人の流れ
少し疲れた顔で
目が合って小さく笑う

おかえり
ただいま

黄色い窓の明かりは
今朝の緊張が溶けて滲んだ
安堵の色

一乗谷に在りし

渡辺　本爾（わたなべ　もとじ）
1943年、福井県生まれ。詩集『時間の舟に浮かぶ』。
福井県詩人懇話会、中日詩人会会員。福井県福井市在住。

名もなき人々のあるいは名だたる人々の
魂が行き交う
この世にあることの不思議のままに
生きとし生きるものも死するものも
あざなえる縄のごとくに
一乗谷にいつもと変わらぬ朝が明けて
誰か新しい世の始まりを告げる

谷を青色の風が吹き抜けた
笑っていたものたちの
谷は温かい雨に濡れていた
泣いていたものたちの
谷に重たい雪が降り続き軽い雪も積もった
眠っていたものたちの
そこに暮らしがあり栄えた
酒を飲み歌をうたい踊りこけたものたちの

住めば都というところ
統べるものも従うものも共に支えた日常
まことと嘘の織りなす歴史のかたち
戦国時代朝倉五代の百有余年
その影の向こうに
ときが流れそして動いた
一乗谷の山間に細長く
高い空が伸びて
春は春夏は夏の草木が茂り
野辺に咲く花の匂う
遠い昔の伝説のような谷のまにまに

菜の花

展覧会の絵を見てゆくうちに
抽象画のあざやかな黄色と濃紺色に
なぜか心ひかれた

幼いころすごした
父の家の近くを通ると
九頭竜川の土手に広がる
一面の菜の花に驚いた
母に手をひかれ
河川敷の畑に行ったおぼえがある
その記憶の中に黄色も水の色もなかった
記憶は色を失うのだろうか
菜の花の向こうには
とうとうと流れる大河が見えただろうに

意識の下の混沌の中で
かちりと音をたてて符号するものがある

有田　幸代（ありた　さちよ）
１９４７年、福井県生まれ。詩集『地虫のみじろぎ』『そらぐつ』。
福井県詩人懇話会。福井県福井市在住。

四か浦の道

龍野　篤朗（たつの　あつお）
１９４８年、福井県生まれ。詩誌「果実」、福井県詩人懇話会会員。
福井県福井市在住。

四か浦の道は海の道と山の道の出会い
大樟から新保、宿を通り織田へ抜ける
道を見下ろす斜面には
寺と社と何基もの墓と地蔵
道の傍らには道祖神
男たちは　墓に見送られ漁に出る
帰れば寺と社を見上げて家へ急ぐ
女たちは　ぼてさんとなり
切り立った山の道を荷を担いで行き来する
石の地蔵と道祖神が見送り　出迎える
子どもたちは
石の地蔵と道祖神に手を合わせる
そうして何百年かの時が流れた

いま、もう　ぼてさんはいない
漁師も激減
浦の家々も大きく減った
子どもたちの声も時たま聞こえるだけだ
いつのまにか道は広くなり
梅浦で東は織田へ
北は越前岬へと分かれる
車が前だけ向いて通り過ぎる
寺に詣で、社の鈴を鳴らすものはどこへいった？

そんななか
墓と地蔵と道祖神は
山の道も海の道も四か浦の道を
今日も見守る
行き交う人を見守る
やがて、かの岸に向かうとき、
神と地蔵はやはり見守っているのだろう

椿や百日紅の花を散らしながら
水仙の香の漂う中で

＊ぼてさん＝魚の行商のおばさん

一乗の夢　まぼろしの如く

西畠　良平（にしはた　りょうへい）
1953年、福井県生まれ。詩集『溶け出した言葉』。
福井県詩人懇話会理事。日本現代詩人会会員。福井県坂井市在住。

里山と里山の間を切り行く一乗谷川（いちじょうだにがわ）の先
巨石で組まれた下城戸からまで　水田の中
ただの農地に遺された
出雲谷（いずもたに）、瓢町（ひさごちょう）、中惣（なかそう）、権殿（ごんでん）、瓜割流、南陽寺と
典雅な小字の群れを辿ると　唐門に着く

かつて　山間いの狭隘な地に営まれた　戦国の都は
うたかたの夢と化して　今は
広い草原と静謐な流れが道沿いに遺るだけの
何もないところになっている

そこに
「朝倉始末記」の中に名前だけ登場する
十数代もの前の私の先祖の姿を
定かに思い浮かべることはできない　しかし
咲き乱れ　ハラハラと散りゆく　しだれ桜の
花吹雪の中に
舞い踊り戯れる　美しい女官たちを見た気がした

どんな衆生も悟りを開いて一様に佛になりうるという
大乗仏教の名を付けた谷に営まれた街路はもうない
攻め追い立てられた人たちは
一乗の想念の谷から　韜晦（とうかい）し
北之庄の地で　医薬や商いを生業として街を支えた

その系譜を　蓮如の浄土真宗の中で
天台密教として　細々と伝え
日々の営みの中で観音経偈を唱え　思いを託して
ただただ　観世音菩薩に
苦難を救う　観音力を賜ることを願ったのだ

今はただ　そんな　先祖に思いを馳せながら
見晴るかす緑鬱蒼とした山間と
ほんの少し復元された家並みを見つめるだけだ

そして
眩しい陽光の中に　まぼろしとなった小京都の姿を
投影する

住所

私の生誕の地は福井市の江端駅（旧六条村）
江端川の畔であり　福武電鉄の駅である
姉は三十八社駅で生まれた
実際は畷（旧神山村）の母の生家であった
岡崎純の王子保村の隣の村である
駅長である父の転勤で福井新駅に変わった
町の界隈から外れると新が付けられたようだ
この駅で空襲に遭い父を残して母子三人は
女駅員と江端駅まで線路沿いに逃げ伸びた
母のお腹にいたのが弟の吉弘である
終戦後　父の実家に近い西武生駅に戻るが
すぐに神明の中央駅（旧兵舎駅）に移転する
そこで事故があり浅水駅に左遷？される
姉はそこから電車で武生東小学校に通った
昭和23年専決駅である西武生駅に復帰する
十年ほど前　駅名の変更で北府駅に変わる
地元の人は国府の北という北府に固執した
昭和28年父は駅務を離れて運転課に移り
私たち家族も国鉄武生駅の東の社宅に入る
この地は錦町（旧大門河原）と呼ばれた
国鉄武生駅と立体橋で結ぶ東の社武生駅は
南越線の終点でホームの向いに社宅があった
社武生の社は国鉄に対する民間を表している
この三軒長屋は成長盛りの五人兄弟には狭く
古い南越線の電車を勉強部屋にしてくれた
私はこの家から川を渡り中学高校へ通学した
昭和40年京都での四年半の修学を終えて帰ると
三八豪雪の後家族は鯖江市下小路に住んでいた
就職用に武生市役所で戸籍を取り寄せると
本籍は武生市東元町（府中三丁目）と変わらず
ここは父母が所帯を持った場所である
私も長男で所帯を持って父が購入してくれた
鯖江市有定町（旧舟津村）の一戸建てに入った
舟津村は鯖江町を円く取り囲んでいた
今もこの地に定住し終末も迎えることになる

千葉　晃弘（ちば　あきひろ）
1942年、福井県生まれ。詩集『ぼくらを運んだ電車』『降誕』。
福井県詩人懇話会会員、詩誌「青魚」。福井県鯖江市在住。

だんだんたんぼ

こんな小さな谷の村にも田んぼは有ります
村の家は谷にへばり付き重なっているが
谷を登ると斜面が開けて一面田んぼ
いつ頃からあるのか誰も知らない
昔の昔から先祖達がこつこつ創った田んぼ
山の上には溜池もあります
その池や向こうの谷川から水を引きます
上の田んぼから下の田んぼへと水を入れる
三株田といって小さい田んぼも重要
大きい田んぼと大きい田んぼの楔田（くさびた）です
十株田もあれば横長のくねった千株田
一枚一枚をべとでかため積み上げた田んぼ
春には土手に山吹が秋には曼珠沙華
稲の黄金色と赤い曼珠沙華の饗宴の夕映え
あれが十日月田　あれが日光菩薩田
あの長い大きい田は寝釈迦（ねしゃか）さんです
その下の田にも菩薩様の名前を付けてある
昔は千枚余りもあって村人の飯米は穫れた
今は杉を付けて半分もないし仏田の名前も忘れた
でも残った田んぼ　だんだん田んぼは

山田　清吉（やまだ　せいきち）
1929年、福井県生まれ。詩集『藁小屋』『土偶』。
詩誌「角」、福井県詩人懇話会会員。福井県福井市在住。

己等（うらら）の生きがいと笑う爺の声は木霊（こだま）する

第六章　関東の地名

二人は歩いた

九月の初め二人は歩いた
流動的哲学はもう二人の中を流れ去つた
もう何も考えるものが失くなつた
ただ生物的特に植物的追憶がすこし残るだけだ
苔類はお寺へまかして置いてもいゝのだ
キノコとキチガイナスとが人間の最後の象徴に達してい
　たことを発見して
二人はひそかによろこんだ
この男の友は蝶々の模様のついた縮緬の
シャツを着ていた
ハイヒールの黒靴をはいたおめかけさんの着ている
tea-gown のようで全体として
けなるいものだ
自転車に乗つて来た女の子から道をきいて
エコマの上水跡をさぐつた
玉川の上水でみがいた色男とは江戸の青楼の会話にも出
　てくることだが二人は心にかくした
百姓家の庭に鳳仙花が咲いていた
二人は子供の時を憶って
『ほうせんかを知らない人間はいないでしようね』とさ
　さやいてみた
なにしろ近頃はほうせん花の文明が滅亡に近づいている
　ことを二人は歎いた
この男のいうのには『楽翁は田舎へなど引込まないでこ
　のあたりに草庵を結んだなら桂の離宮以上のものが出
　来たんだがほんとに惜しいことをしたものだ』
けやきの森と竹藪にかこまれた昔の地主の家らしいもの
　を見て二人はあごをあげて何ものかを感じた
その生垣に赤くなつている古木の実を葉ごとむしりとつ
　て
『これはさんしようですよ』と友の鼻へあてがつた『こ
　れは昔この辺の車大工が首を吊つた木だ』
『江戸青山道』と彫られた石の道しるべがあつたが二人
　は道を失つた
とにかく駅までもどりましよう
駅の近くで、カサブランカに出ていたという八百屋の若
　いかみさんから道をきいて
慶元寺の方へ歩き出した
日がくれかかつたのでいたちのように早く歩いた
コンクリートの街道は幾度か曲つた

西脇　順三郎（にしわき　じゅんざぶろう）
1894年〜1982年。新潟県生まれ。詩集『Ambarvalia』『旅人かへらず』「無限」。新潟県小千谷市で育ち、東京都渋谷区などに暮らした。

黄色い穂を出しているヌルデの藪におゝわれてる川に沿
　つて道はくねつた
二人は「九月の事件」をさがしていたのだ
八時頃新宿できそばをたべて目黒へもどつてルヌアルの
　女のような骨董屋によつて
江漢に如何にニセが沢山あるかを茶を
のみながら話し合つて二人は別れた

東京哀傷詩篇（関東大震災に）

焼跡の逍遥

もはや、みるかげもなくなった、僕らの東京。
なにごとの報復ぞ。なにごとの懲罰ぞ。神、この街に禍をくだす。

花咲くものは、硫黄と熔岩。甍（いらか）、焼け鉄。こはれた甕（かめ）。
みわたす堆積のそこここから、余燼（よじん）、猶、白い影のやうに揺れる。

この廃墟はまだなまなましい。焼けくづれた煉瓦塀のかたはらに、人は立って、一日にして荒廃に帰した、わが心を杖で掘りおこす。

身に痛い、初秋の透明なそらを、劃然と姿そろへて、夥しい赤蜻蛉（とんぼ）がとぶ。

自然は、この破壊を、まるでたのしんでゐるやうだ。
人には、新しい愛惜の情と、空洞ににじみ出る涙しかない。

高台にのぼつて僕は展望してみたが、四面は瓦礫。
ニコライのドームは欠け、神田一帯の零落を越えて
丸の内、室町あたり、業火の試練にのこつたビルディングは、墓標のごとくおし並び、
そこに眠るここの民族の、見はてぬ夢をとむらうやうだ。

僕の網膜にまだのこつてゐるのは、杖で焼石を掘り起してゐた
白地浴衣、麦藁帽の男の姿だつた。
その姿は、紅紫の夕焼空に黒くうかび出て。身にかへがたい、どんな貴重品をさがしてゐるのか。
わかつてゐる。あの男は、失つた夢をさがしにきたのだ。

そして、当分、この焼跡には、むかしの涙をさがしにくるあの連中の
さびしい姿がふえることだらう。

金子 光晴（かねこ みつはる）
1895〜1975年。愛知県生まれ。『金子光晴全詩集』『マレー蘭印紀行』。東京都武蔵野市に暮らした。

青春の健在

電車が川崎駅にとまる
さわやかな朝の光のふりそそぐホームに
電車からどっと客が降りる
十月の
朝のラッシュアワー
ほかのホームも
ここで降りて学校へ行く中学生や
職場へ出勤する人々でいっぱいだ
むんむんと活気にあふれている
私はこのまま乗って行って病院にはいるのだ
ホームを急ぐ中学生たちはかつての私のように
昔ながらのかばんを肩からかけている
私の中学時代を見るおもいだ
私はこの川崎のコロムビア工場に
学校を出たてに一時つとめたことがある
私の若い日の姿がなつかしくよみがえる
ホームを行く眠そうな青年たちよ
君らはかつての私だ
私の青春そのままの若者たちよ
私の青春がいまホームにあふれているのだ
私は君らに手をさしのべて握手したくなった
なつかしさだけではない
遅刻すまいとブリッジを駆けのぼって行く
若い労働者たちよ
さようなら
君たちともう二度と会えないだろう
私は病院へガンの手術を受けに行くのだ
こうした朝　君たちに会えたことはうれしい
見知らぬ君たちだが
君たちが元気なのがとてもうれしい
青春はいつも健在なのだ
さようなら
もう発車だ　死へともう出発だ
さようなら
青春よ
青春はいつも元気だ
さようなら
私の青春よ

高見　順（たかみ　じゅん）
1907〜1965年。福井県生まれ。詩集『樹木派』『死の淵より』。神奈川県鎌倉市などに暮らした。

横浜・六月は雨

坐りませんか　座席をゆずられたから
ありがとう　でも　立っています
横浜・六月は雨
電車の窓に　仄白くけぶるものを
おれは見ていたい
細く流れて　あっ　咳込んでいる

分かっていることを　聞いてみたくなる
ここらへんに　大工さんがいたはずです
娘さんが二人いて　なんて言ったかなあー
さあネ　わしら戦後ここに住んだ者で……
分かっていても　聞きたいのです

あそこのかど　洋服屋さん
ここに広場があって　松永自動車屋
あのかどは　喫茶店があったはずです
市電の　浦舟町の終点
あ　踏まないで下さい
そこらへんに　焼かれて死
ころがされていた

鳴海　英吉（なるみ　えいきち）
1923〜2000年、東京都生まれ。詩集『ナホトカ集結地にて』『鳴海英吉全詩集』。詩誌「列島」「鮫」。千葉県酒々井町に暮らした。

いま　タンポポが群生している
アスハルトの隅　指さしてもいい
こまかすぎる雨
沢山ひかりのようなものが　はじける
風が雨にさからわなかったように
まるい白い胞子は　とばないで
流れてゆくのは　さびしい

横浜・六月は雨
おれの背中をうちつづけている
おれが気狂いだと思われないため
膝が　がっくりしないため
タンポポを掘っている
眼に細くしづくがたまり
目尻のほうに　すーうと流れてゆくから
この舗道の　アスハルトに唇

敗戦・三十年　なんだったのか
分かりません　知りません　聞きません
なんにもない

しかし　おれは言い切ってみる
そこで　一人の娘さんが死んだのです
そこです　おれの指先を見て下さい
そこから　ずーうと十全病院まで
焼丸太が並べられていた
そこです　そこです　分かりますか？

坐りませんか　おれ　立っています
どうも　ありがとう
六月の低い雨空の中　今も聞えます
その娘を焼き殺したアメリカ空軍機が
ゆるい爆音を残して旋回しているから
おれは立って見ています
鎮魂歌のやさしさはない
爆音　聞えますか
横浜・六月は雨

根府川の海

根府川（ねぶかわ）
東海道の小駅
赤いカンナの咲いている駅

たっぷり栄養のある
大きな花の向うに
いつもまっさおな海がひろがっていた

中尉との恋の話をきかされながら
友と二人ここを通ったことがあった

溢れるような青春を
リュックにつめこみ
動員令をポケットに
ゆられていったこともある

燃えさかる東京をあとに
ネーブルの花の白かったふるさとへ
たどりつくときも
あなたは在った

丈高いカンナの花よ
おだやかな相模の海よ

沖に光る波のひとひら
ああそんなかがやきに似た
十代の歳月
風船のように消えた
無知で純粋で徒労だった歳月
うしなわれたたった一つの海賊箱

ほっそりと
蒼く
国を抱きしめて
眉をあげていた
菜ッパ服時代の小さいあたしを
根府川の海よ
忘れはしないだろう？
女の年輪をましながら

茨木　のり子（いばらぎ　のりこ）
1926～2006年、大阪府生まれ。詩集『見えない配達夫』『倚りかからず』。詩誌「詩学」「櫂」。愛知県西尾市で育ち、東京都西東京市などに暮らした。

ふたたび私は通過する
あれから八年
ひたすらに不敵なこころを育て

海よ

あなたのように
あらぬ方を眺めながら…………。

犬吠埼（いぬぼうざき）の犬

沖のあたりに
どうもうな犬がいて
ひと晩じゅう
遠吠えの声が聞こえる　犬吠埼

犬がわけても気が荒くなるのは
台風の季節だ
たけだけしく吠えたてながら走ってきて
ガブリと　岩にかぶりつく

犬吠埼の犬は
何を投げてやったら
気をしずめてくれるのだろう
おとなしく　沖へ帰ってゆくのだろう

新川　和江（しんかわ　かずえ）
１９２９年、茨城県生まれ。詩集『土へのオード13』『ひきわり麦抄』。日本現代詩人会所属。東京都世田谷区在住。

もうすぐ冬

岩手・遠野（とおの）郷

たきぎを拾おう
薪もどっさり割っておこう
秋は遠野をうつくしく色どって
足早に去って行く
もうすぐ冬
しんしんと更ける夜に火を焚けば
いろりの回りに集まってくる
異形（いぎょう）のものたち
幼い日から年寄りたちに聞かされて
今ではもう　こわいどころか
祖先のようにも思えるものたち
早池峰（はやちね）山に雪が降れば
――こんばんわ
ひっそりと
戸口に立つかも知れない雪おんな

地名論

水道管はうたえよ
御茶の水は流れて
鵠沼に溜り
荻窪に落ち
奥入瀬で輝け
サッポロ
バルパライソ
トンブクトゥーは
耳の中で
雨垂れのように延びつづけよ
奇態にも懐かしい名前をもった
すべての土地の精霊よ
時間の列柱となって
おれを包んでくれ
おお　見知らぬ土地を限りなく
数えあげることは
どうして人をこのように
音楽の房でいっぱいにするのか
燃えあがるカーテンの上で
煙が風に
形をあたえるように
名前は土地に
波動をあたえる
土地の名前はたぶん
光でできている
外国なまりがベニスといえば
しらみの混ったベッドの下で
暗い水が囁くだけだが
おお　ヴェネーツィア
故郷を離れた赤毛の娘が
叫べば　みよ
広場の石に光が溢れ
風は鳩を受胎する
おお
それみよ
瀬田の唐橋
雪駄のからかさ
東京は
いつも
曇り

大岡　信（おおおか　まこと）
１９３１年～２０１７年。静岡県生まれ。『大岡信詩集』、詩集『地上楽園の午後』。東京都千代田区などに暮らした。

金田　久璋（かねだ　ひさあき）
1943年、福井県生まれ。詩集『賜物』『理非知ラズ』。
詩誌「角」、日本現代詩人会会員。福井県三方郡在住。

虚実の桜

テリウソ　アメウソに
花芽を啄まれず　吉兆は束の間のまぼろし
満開と同時に散り始め
北上する静心なき桜前線　その切っ先にある飢餓（けがづ）
地震（ない）振る　海の嘯（うそぶ）き　山背吹く　白河以北一山百文の背
　骨の嘘寒さ
打ち寄せる死屍累々の此岸にも降る　さくらばなはや

随筆集『如是我聞』の一節に
「葉桜が見もの」と
引かれ者の小唄を歌い
太宰治は戦後を嘯く
わが心しぞ　いや烏滸（おこ）にして　いまぞ悔しき*

泉水の汀に
葉桜の影を落として
散り敷く桜吹雪の
風のまにまに　流れ漂う花の渦

水辺に映る満開の
あやかしの花の技振りは時差を彩り

水面は一枚の虚実の被膜
はなびらにしめやかに降り積もる
セシウム137・ストロンチウム90・ヨウ素131の微塵
水底に身じろぐミジンコのかそかな震えしも

その時魚が撥ね　水鳥は潜り
截金色（きりかねいろ）のさざなみが波紋を描く
砕け散る水面に
深い夕闇が降りてきた
ふとわれに返って　同心円の眩暈（めまい）のなかに
佇む　垣間見る黄昏の深淵

一枝の虚実の桜を手に
千鳥足で　千鳥ガ淵を
引かれ者の小唄を歌い
今一度葉桜を振り返り
春遅い夕暮れの岸辺を
立ち去る　有情の都の
うそ色のうそうそ時に

＊『古事記』中巻・応神天皇歌。太宰文学を柳田国男は「烏滸（おこ）の文学」と呼んだ。「烏滸」とはおろかなこと、たわけ。

コンビナートの見える海

うめだ　けんさく

1935年、東京都生まれ。詩集『埋葬の空へ』『海へ向かう道』。
個人詩誌「伏流水」、横浜詩人会会員。神奈川県横浜市在住。

海よ
コンビナートの広がる海よ
対岸の大黒埠頭
その先に子安、鶴見、川崎がある
潮騒に乗って
かつての仲間の声が届けられるような気がした
気付いてみれば俺だけ残して
TもSもHも先に逝ってしまった
若き日の吐息に混ざって
怒りの呻きが
潮騒となって
耳元に寄せてくる

誘われるようにして来た
初夏の根岸の海
目の前にひろがるコンビナート
煙突から白い煙を吐き出している景色の中に
波に揺れる古いブイや錆びた鉄の造形
あれらは過ぎ去った日々の
おまえの欠片（かけら）
青春の証としての残骸
それは失われた生（せい）の記録ではあるけど
残されてある記憶でもあった

海に向かって話しかける
もう使い古した自分の体を差し出したい
俺のこころを連れて行ってくれ
愛しい人の処へ
過去の怒りや悩みも忘れさせる
大気中のオゾンを吸い込んで彼方に目を向け
声にならない声を投げていた
吹き溜まりの塵を連れて波が岸壁に当る音が聴こえる
それが答えなのか

呑川

世田谷区桜新町から目黒区八雲を経て大田区へと
呑川（のみかわ）駒沢支流は蒼籠（あおご）もる延々三十キロの桜隧道（ずいどう）
あわあわと春を縁どった花の宴は去（ゆ）き
さしかわした幹のおどろが迫ってくる夏の
緑道の下を暗渠の川が流れている
東京オリンピックの年
駒沢競技場の建設と同時に地にもぐった呑川
花びらをあつめた淡紅色の流れが
記憶の川岸にふいに現われて静止する
さらに歳月の源流をたどれば
若い父と母と幼子たちの暮らしに行き着く

子供たちの目覚めは早かった
起きればすぐに役割分担が待っている
七歳の兄は氷川神社の裏山に薪拾いに
五歳の私は妹をつれて呑川にザリガニ採りに
三歳の弟は鶏小屋の掃除と卵集め
庭から道路にまで広がったカボチャ畑では
父が自家で汲み取った肥を撒き
母は乳呑み児をおぶって受粉作業

敗戦の夏の焼野原の首都で
かろうじて焼失を免れた小さな家の日常は
一家総出の食糧確保から始まった

呑川の水は幼児の膝をわずかに越え
清流がフナやコイを遊ばせ
緑濃い川藻を分けて赤い背を覗かせるザリガニ
幼い手で捕まえられるせいぜい数匹の
貴重な蛋白源を入れたバケツは重たかったが
もう空襲に怯えることなく暮らせる安堵が
誰の顔をもいきいきと明るく和ませていた

幼子たちを遺して早逝した父が
遺された子らを物静かに育て上げた母が
いまも棲みつづけて倦（う）まない呑川
東京の二級河川

大掛　史子（おおがけ　ふみこ）
1940年、東京都生まれ。詩集『桜鬼』『滅紫』。
日本現代詩人会、日本詩人クラブ会員。千葉県山武市在住。

半月峠

立木(たちき)観音(かんのん)を通り過ぎ　中禅寺湖や男体山(なんたいさん)を一望して　ここまで登ってきた　峠のてっぺんは空と風だけ　飛びかうアキアカネが　親しげに迎えてくれる　眼下には　こんもりとした日光や足尾の連山がはるかに鎮座して　緑の波が揺れている
写真を撮る　スケッチをする　帽子をとばされる　山頂の空気を胸いっぱい吸いこんで　三六〇度の風景に放心する　行き止まりの半月峠(はんげつとうげ)はそんな所だ

四時には戻らないとゲートが閉まる　でもまだまだここに居て　祈りを空に届けたい　心はいつまでも草の上に坐りこんで　振り返りながら下っていく体を見送っている　半年の冬　凍てついて開かないゲート　帰り道はそこしかないから　気のすむまで居すわって　夜更けには宙から霧をまとって降りてくる者たちと車座になって下弦の月を眺めていよう　言葉を発しなくても　同じ思いがぐるりをめぐっている

夜には誰も立ち入れぬ場所　何度訪れてもあきない浄(きよ)らかな何もない場所　あの峠だ　自分でそう気付いた時から　わたしは居なくなった心をとても大切に思う

青柳　晶子（あおやぎ　あきこ）
1944年、中国上海市生まれ。詩集『草萌え』『空のライオン』。
栃木県現代詩人会、日本現代詩人会会員。栃木県宇都宮市在住。

産土風景

朝日の昇る赤城山
夕日の落ちる榛名山（はるなさん）
稲の収穫どき
雁金北帰行の先は
白く染まり始めた谷川連峰
その右の近くに見える柔和な子持ち・小野子山
そうそう榛名山の左に鎮座するのは
ときには噴煙棚引く浅間山
その左に遠望するのは奇岩つらなる妙義山
それら　朝な夕なと眺めて
そこに生きてきた八十三年

生まれた所でめしを食べ
生まれた場所で遊び　学び　働き
生まれた所の女に恋し　結ばれ
そして共に米を作り　蚕を飼い　豚を育て
ほうれん草や葱を束ね
四人の弟妹を学ばせ
二人娘を育て学ばせてきた　うん十年

思い起こせば

空っ風の中での野菜の収穫
雨の中での田植えや桑切り
随分働いてきた記憶ばかりだが
今年　傘寿（さんじゅ）のお祝いを行ってきたかみさんは
苦しいこと嫌なことは　みんな忘れてしまったという

そう　この詩を書いていたら思い出した
万葉人のうた
「子持山　若かへるでのもみつまで
寝もと吾（わ）は思ふ汝（な）はあどか思ふ」（三四九四）
（子持山のかえでの若葉が紅葉するまで
　一緒に寝てよう　お前どう思う）

万葉人がうたい残してきたよう
若葉が紅葉したのが五十八回
ともに白髪　腰を曲げ腰をのばし
今でも　ときどき
土と草と格闘しているのだよ
そして時には
詩らしきものを書き残してるのさ

大塚　史朗（おおつか　しろう）
1935年、群馬県生まれ。詩集『千人針の腹巻き』『産土風景』。詩人会議、群馬詩人会議会員。群馬県北群馬郡在住。

言問橋

神田　さよ（かんだ　さよ）
1948年、東京都生まれ。詩集『海のほつれ』『傾いた家』。詩誌「イリプス」、日本文藝家協会会員。兵庫県西宮市に暮らす。

赤い脚を伸ばし対岸めがけて
滑空する一羽の鳥
名にし負はばいざ言問はむ都鳥*
おさなごはいずこ
古　人(いにしえびと)の声つんざき
振り向けばスカイツリー

沈黙の黒い水の帯が絶え間なく流れてゆく
渡り切った空ろな思い消し去り
記憶の橋を踏みしめる

ひとりの老婆が
たもとの慰霊碑に
仏花(ぶっか)を供え念仏を唱えている

逃げる人の群れ
揺れる
燃えて焦げつく
脂のにおい
惨殺の飛行爆音絶え間なく
むこう岸めざして狂気渡る
足裏に
ひとの
熱くやわらかな
たくさんのひとの
燃えたからだ
踏む
飛び越える
三月の冷たい水に落下した
おさなごは漂う
河口へゆっくりと流れる死者たち
渡り切れない無念が折り重なっている

黒く煤けた橋の支柱　七十年前の脂にじみ
砲弾の穴を吹き抜ける川風

*在原業平　上の句

つづら折れの記憶

なぜだろう
こうして窓から無数の雨の筋を
見つめていると　もう何年も前に経験した
夏山での情景がよみがえる
降り止まぬ雨に下山を強いられた
蓬峠（よもぎとうげ）からのつづら折れ
休むでもなく足をとめ
雨よけにもならぬ雨やどりで
ひとり佇んでいたあの時のこと
今も変わらず　あの場所に佇んでいるように
雨音は切れ目なく続き
生い繁る葉の一枚一枚から
雨水が滴り落ちている
水たまりのような重い靴で
飽きる程じぐざぐを繰り返し
雨具の色が変わる程ずぶ濡れた
谷川岳山腹の下山道
そのつづら折れの記憶の道筋を飛び越えて
今もここで
あの雨が降り続いているようだ

山口　修（やまぐち　おさむ）
1965年、東京都生まれ。詩集『地平線の星を見た少年』（共著）、『他愛のない孤独に』。「コールサック」（石炭袋）会員。東京都国立市在住。

奥塩原の湯

凍り付いた山あいの林道を恐る恐る
辿り着いた宿は元湯千軒の時を経て古色蒼然
今は三軒残る宿場の一軒
年月に染められた廊下に階段
夜中にそっと部屋を出ても
床が軋んでその大きな音に自分達で驚く始末
鍾乳洞を下った先に湧き出たような温泉場は
乳白の混浴湯　裸電球の灯りに
裸の人間も湯につかる僕ら二人だけ
あなたは僕を赤子のように膝に乗せ
軽々と揺すって子供のように笑う
湯で満ちた揺り籠で　僕はさぞかし軽く
まだ若くて実際身軽で
木霊がつられて笑い声を重ねると
湯船の中　いっそう軽くゆらゆら揺れた
千年の湯気に包まれた
奥塩原の湯の　あなたの腕の中で

土合の地下道を踏んで　谷川連峰

ひおき　としこ

1947年、群馬県生まれ。詩抄『やさしくうたえない』。
日本現代詩歌文学館会員。東京都三鷹市在住。

眠れる田畑をゆっくり　ゆっくり走り抜けて
汽車は深呼吸するように土合駅に止まる
魔の山に誘う　暗い長い地下道　ゆるい階段
橙色の電球に浮かぶ　キスリングの列　ゆれ
一歩づつ登りつめる　ほの白い夜明け前の星あかり
とまの耳おきの耳の稜線を思い描きながら
慰霊碑へ向かう　数多の魂の眠る静寂さ
鋭い生きものの声　見渡せばさみどり芽ぐむ　浅い春

翌朝の登頂を目指し　マチガ沢にテントをはる
魔の山に繋がれた安堵感　誰もが優しい岳人に
稜線に血のような雲流れ　隣のテントの鯉のぼりゆれ
唐突に　とおくの雷鳴
山は戸惑うように　ざわめき大きく揺すられ　猛吹雪
日本海を超えた暴風雪に魔の山もせめぎ合うことなく
静かに伏せ　迫る闇　こんもり丸い白の世界
夜どおし　山は蠢き　不気味な唸り声は　人めいて
人は　深く土に埋まるように身を屈め　眠る

荒れ狂う自然の猛威　思いはかすむように遥かに
土に溶け合うような恐怖　と不思議な温みと安らぎも
夜を日についで　薄い眠り　テントを見張り
山の歌を小さく歌い　ちちははを　思い
アニミズムに酔いしれ　交錯する感傷がきれぎれに
ふと　テント越しに洩れるひとすじの光に這い出す
眩い　朱い光　聳え立つ　谷川連峰の勇姿
谷底の生きものを抱えこむように　神々しく迫る

暴風雪に費え　萎えた体と高揚した剝きだしの心
あまり語らず　マチガ沢をさる
湿ったテントの重みに生き延びた命を噛みしめる
とおくに三角屋根の赤い点がかすかに見える
「どあいだあ」誰もが叫ぶ　懐かしい愛しい声
土合駅　三日前と変わらず　黒い汽車を留めて

新幹線で日帰り山行もできる今
時代に置き去りのまま　土合に寄り添う汽車も減る
義理と懐かしさ
何よりも大切なものを忘れまいと
訪れる時をこころのすみに温めている

埼玉県寄居町　縄文の地

山﨑　夏代（やまざき　なつよ）
1938年、埼玉県生まれ。詩集『この盃を』。
詩誌「いのちの籠」「詩的現代」。埼玉県ふじみ野市在住。

秩父連山に湧き出た一滴の水
川となり　流れの落ちるところ　寄居の町
ここから　平野は扇のかたちにひろがる
寄居は要　平地と山　滝と川　山人と村人
自然と人とをつなぐ　扇の要

縄文のひとびとが　ここに住処を定めた
現代になお残る　豊かな植物群
山を走り　平地を駆ける　動物や鳥や
狼もいた　縄文の人々のくらしがあった

寄居のはずれの山道から　秩父に抜けようとして
狼の遠吠えを聞いた
地を這って中空へ抜けて行く　灰色の階調
とうに　人間が根絶やしにした秩父の神の叫びを

立ち止まり　険しい崖の根を流れる水をみる
流れるのは　この辺りを走った縄文人の叫び
とうの昔　東征したひとびとによって
痕跡を消し去られた被征服者の叫び

寄居から秩父にかけて
被征服者の　あるいは権力に抗（あらが）って
あるいは権威を奉らわぬものの
伝説の多さ
将門伝説　落ち武者伝説
ヤマトタケルに加担したという秩父の狼
タケルも大和朝廷の異端児だった

寄居から秩父に向かって
走り抜けたひとびとがいた
伝説というより近年の事なのに　伝説的に語られる
秩父事件のひとびとの群れ
権力に抗ったのではない
　ケーロクミデエダ（改禄御代だ）
その叫びには
封建の時代から新しい時代に移ったのだ
だから身分によって厳しく統制されたものたちにも
自由を　人間らしさを
自由を　人間としての暮らしを

という切実な要求があった
権力が　要求を掲げる人間を
暴徒と呼んだ

暴徒と呼ばれたとき
このひとびとの　心の奥深く
縄文の人間の　侵略してくるものへの理不尽さに
抗うすがたが　立ち上がらなかったか
暴徒と呼ばれたとき
人間に縊(くび)り殺された狼の
果てしない遠吠えが
その胸を刻んだはずだ

寄居に住むひとびとには
はるか秩父をつねにしたうものがいて
はるか鎌倉を恋い焦がれるひとがいる
寄居を征服した鎌倉からのひとびともまた
征服され
時代に　時間に　歴史に
人間は　翻弄される

けれど　なお
寄居は
秩父と平野を結ぶ要

ゆるぎない
大地の　原点

縄文時代　朗らかなひとびとが
寄居の大地を駆け巡ったか
縄文のひとびとはウサギを追って春の野を蹴ったか
春竜胆(はるりんどう)　片栗　碇草(いかりそう)　甘菜　春蘭
輝く植物群を蹴って駆けたか

寄居とは寄り集まる場
人間の　動物の　鳥　虫　草　木
水も　風も光りも

吉祥寺の子守り唄

水崎　野里子（みずさき　のりこ）
１９４９年、東京都生まれ。詩集『アジアの風』、詩論集『多元文化の実践詩考』。詩誌「ＰＯ」「コールサック（石炭袋）」。千葉県船橋市に暮らす。

古い唄が聞こえます
なぜか　今
遠い昔
おとうさんが唄ってくれた
ねんねこ　子守り唄？

哀しく
楽しく
わたしも唄います
だって
生きることは哀しい
生きることは楽しい

吉祥寺の大きなおうちで
でも当時の大家族のなかで
おとうさんの一人占めしていた
たった一間の洋間　そこを
改装して天井下に作った
寝室ベッド　弟が生まれる前
木の大きな階段を

わたしは上った　下りた
昼間は外しておいた

そこで聞いた　おとうさんの古い唄
眠れないと　唄ってくれた
弟が生まれると　一間の洋間の壁を壊し
台所と子供部屋が出来ました
そこの場所は　元はかなりの空間のお庭だった
父は手製でブランコとお砂場　鉄棒を
作ってくれていました
そこで　私はお友達と遊びました

天井ベッドで聞いた子守り唄
弟が生まれる前の　遠い　遠い昔
昭和二十年代　後半
今はモダンマンション　ベッドで
天井ベッドなんて　独創はないです
なくていい　なくて済みます

古い唄が蘇ります　哀しく

おとうさんも　おかあさんも
もう　いません

古い唄が蘇ります
異国にいる初孫に　今度唄いたい
私が脚気で眠れなかったとき
脚をさすりながら　唄ってくれた
変てこで　ユーモア溢れた
子守り唄　古い　ニッポンの　面白くて　遠い
おとうさんの　ねんねん唄
「ケッツの穴～に　ア～リが　這い込んだ～」

当時　パンパンと呼ばれた人たちがいた
アメリカ兵がいた　あとでそう聞きました
吉祥寺の駅裏に闇市の跡があったと
飯田橋にあった　おじさんの官舎で　私は
ロイドさんという　青い目のアメリカ人が
アメリカに帰ると　挨拶に来たのを
覚えています　そういう時代だった　そのはず

でも　私の記憶は　哀しいけど　楽しい
空襲を免れた　吉祥寺の大きなおうちの群
そのひとつだった　おとうさんの　大きな
おうちの　八畳間のお部屋の　天井ベッドで聞いた

遠い唄　ねんころり～　ねんころり～
練習して　今度　孫に唄います
新しい命に　ねんねん唄は　吉祥寺の唄

ねんころり～
ねんころりん

神田明神下の日溜まりで

志田　道子（しだ　みちこ）

1947年、山形県生まれ（一歳より東京在住）。詩集『わたしは軽くなった』『エラワン哀歌』。詩誌「阿由多」、日本現代詩人会所属。東京都杉並区在住。

おばあちゃんが
「ショーウィンドー」に飾られてる
神田明神下（かんだみょうじんした）の小さな家の軒先で
地面近くまでいっぱいにガラスをはめ込んだ
引き戸の中で
おばあちゃんが
大きな口を開けてあくびをし
ゆっくりとのけぞって
両の手で頬をさすった

おばあちゃんが路地に飾られてる

路地に向かったガラス戸の内側で
椅子に腰かけたおばあちゃんが
道行く人を眺めてた
おばあちゃんの後ろには
小さな机が見え
電気部品やコードの切れ端が見え
集金バッグが見え
ちょっぴり誇らしげな作業着姿があった

おばあちゃんが中学校の裏に飾られてる

おばあちゃんの孫は
自分を「自分」と呼んで
路地の向かいの中学校を指差した
ここで五代目、商売二代目
あの学校を卒業して……

今はもう誰も通わぬその校舎
それでも今日も陽は差して
北風吹き抜ける路地のなか
おばあちゃんの膝の上は
おひさまいっぱいになっていた

武蔵郡新倉の里で

田中　眞由美（たなか　まゆみ）
1949年、長野県生まれ。詩集『指を背にあてて』『待ち伏せる明日』。日本現代詩人会、日本詩人クラブ会員。埼玉県新座市在住。

河岸段丘のふもとには
縄文人の里があり
ほの暗い斜面林の根元に
ギンリョウソウが灯ったが
やがて渡来人が移り住み
雑木林の里山は
時代とともに建売の家々に姿を変えた

ギンリョウソウは摘まれてしまった
バス停の前の家に燕がもう帰らない
雛をカラスに食われた次の年からは
カラスの群れも夕空を戻ってこない
平林寺に罠を仕掛けられ処理されて
建て替えた家のベランダにはいつか
夕闇を飛び交う蝙蝠の姿は見えない
農家も建て直され屋敷森がなくなる

それから
すずきさんがいなくなって
みやけさんがいなくなって
ますださんもいなくなって
ふくとみさんがひっこして
さいとうさんはふうふでにゅういんをした

居なくても変わらないように見えるけどたしかに居たものが消えて　見えない幸せが奪われた　忘れたふりをした風景がこの頃ささやくので居なくなったさびしさが打寄せてくる

口にしない名は
知らないうちに零れだして
無かったものになる

だから猫のプティの年を数え
母の年を数え私の年を確かめる

行く先はいつも
確かめられないけれど

筑波山から東北をみる

岡本　勝人（おかもと　かつひと）
1954年生まれ。評論集『「生きよ」という声　鮎川信夫のモダニズム』、詩集『ナポリの春』。東京都世田谷区在住。

江戸の桜でにぎわう春の飛鳥山にのぼると
八七六メートルの筑波山が
関東の平野にたちあがる
あの時代からしたしんできた
いつまでも終わらない
夏の日の午後
富士山から川が流れる麓の遺跡のあたりで
弥生と縄文の大きなたたかいがあった
（北方海路の青森から関東へと南下する稲作前線）
はるかな
それはとおいとおい時間のこと

母が生まれた羽生（はにゅう）では
関西とことなる土師（はじ）による埴輪が出土した
中央王権を明示する
鉄剣の白い文字がうかぶ古墳群
航空写真が
田園のなかに大陸からきた
前方後円墳の陰影を映しだす

　都邑では
西の菅原道真の怨霊（おんりょう）に
おびえていた
陰陽師（おんみょうじ）たち
大雨と地震や　火山が爆発する

天変地異が起ると
猿島の平将門が蜂起する
京都三尾にある神護寺の境内から
不動明王がやってきた
乱がおさまった後も
新勝寺に鎮座している

　白い旗
源頼義と義家が
東北の役に蟻のように遠征する

伊豆の頼朝は、石橋山の合戦にやぶれたのだが
小船で房総半島に上陸した
将門をうった関東武士の子孫たちは
頼朝と鎌倉城にはいると
こんどは

三方から東北の地へと源氏の軍をむけた
宇佐八幡から石清水八幡宮、そして鶴岡八幡宮へと
（伊豆諸島からやってきて　北上する花火前線）

下野(しもつけ)の薬師寺は奈良の東大寺、筑紫の観世音寺とともに
授戒をつかさどる寺だ
薬師寺や新薬師寺とともに、三薬師寺ともいわれた
政治の中心から地方へ赴任する僧もいたが
そのなかには鑑真と中国から越境してきた職人もいた
東大寺の戒壇で具足戒(ぐそくかい)をうけ
唐招提寺の金堂を建設した胡人(こじん)の如寶(にょほう)である

大蔵経をもとめて鹿島や薬師寺に移動する
法然からとおくはなれていろはにほへと
親鸞からとおくはなれてちりぬるを
浅草駅から特急に乗って日光にいった
池袋駅から特急に乗って秩父にいった
秩父の盆地は巡礼が盛んだ
明治という時代の
近代国家というものになると
加波山にも秩父にも
自由民権の運動がおこる　わかよたれそ
つねならむ　館林の花袋が
羽生の青年をモデルに『田舎教師』を書く

あの年は
ふるえるような
寒い夏の東北の海岸地帯を
　ぽつぽつと歩いた

うゐのおくやま　秋になる
けふこえて　冬になる
奈良の二上山では
夕空を染めあげて雄岳と雌岳が語りあう
筑波山の男体と女体の峰から
山おろしよ　あさきゆめみし　笛を吹け
民族の神と仏の修験の山は語る
基層の神祇(じんぎ)宗教と普遍仏教が同化して川の水は流れ
利根川は、ゑひもせず、大きく蛇行していまも流れている

いまは夏の余燼(よじん)が生んだ
霧もやに
霞ケ浦も富士も
飛鳥地方の山々も隠れている
熊野と沖縄からとおくはなれていた
まれびとよ
（沖縄から瀬戸内海をとおって北上する桜前線）
上野をさまよって奥羽を透視する
筑波から東北がみえる

朝露のエネルギー

——北柏ふるさと公園にて

鈴木　比佐雄（すずき　ひさお）

１９５４年、東京都生まれ。詩集『千年後のあなたへ』、詩論集『福島・東北の詩的想像力』。文芸誌「コールサック（石炭袋）」、日本現代詩人会会員。千葉県柏市在住。

1

沼の水平線に朝日が浮かび
その光が水面をわたって野原に届く
クローバーの夜露の電球に
いっせいにスイッチが入る
電球は眠りから覚めて
太陽の子を孕んだ朝露の白色電球になる

2

沼のほとりの野原では
紫花のホトケノザの露
白花のナズナの露
桃色花のヒメオドリコソウの露
黄花タンポポの葉の露
白花タンポポの葉の露
紅紫色のカラスノエンドウの露
小さなツリー状の草草の露が
いっせいに白色電球を灯される
野原は白色光のジュウタンになる
野原の周りの樹木たちも葉にも
あまたの露が乗り光り輝く
そんな朝露の光に濁りはあるだろうか

3

かつてこの公園内にあるジャブジャブ池で
子どもたちに水着を着せて遊ばせた
いまも夏の光の中で子どもたちの歓声が響いてくる
水辺で子どもたちが掛け合う水しぶきが
むすうの虹になって目の前に甦ってくる
むすうの朝露の中に反射してくる

4

朝陽が家の屋根にも届く
太陽光発電が開始されて
炊飯器にスイッチを入れて
白米が炊かれているだろう
人は自分に必要な分だけ発電して
その恵みを感謝すべきだろう

5

三年前の三月にこの沼とこの公園内の野原にも
二〇〇㎞離れた核発電所からセシウム混じりの雨が降った
この公園にもセシウムが降りそそいだ
二〇一二年九月になっても植え込みから
一万五二九二ベクレルが検出された
その年の一二月にようやく除染が実施された
人は在り得ない事実を突き付けられる時に
ようやく現実を変えていく存在なのだろうか
子どもたちは一年半もの間にどれだけ被曝したのだろうか

6

沼の留鳥になった白鳥親子、シラサギ親子たちは
沼の水草や小魚などを食べて生きている
食べたベクレル数だけ細胞が壊されている
二〇〇㎞先の柏に放射性物質が
風雨と共に降りそそいだのは必然性がある
核発電所近くを通る国道六号線や常磐線を上っていくと
柏に到着することになっていたのだろう
空飛ぶ風神雷神も風の又三郎も被曝させてしまったのだろう

7

四次元の視線を持ち
みんなの本当の幸せを願った賢治なら
作業員を被曝させてしまう不幸な核発電を
子どもたちの細胞を破壊してしまう核発電を
稲作も畑作もできなくさせる核発電を
鳥も昆虫も小動物も魚も木々も野草の
遺伝子を破壊してしまう核発電を
けっして認めないだろう

8

故郷を破壊されて帰還できない人びと
放射能が高い場所でも暮らす他ない人びと
核発電事故で運命を変えられてしまった人びと
そんな人びとに朝露のエネルギーが届くことを願う
核発電を再稼働させて破滅的な未来を引き起こす人びとは
子どもたちの細胞と遺伝子を破壊する殺人者であり
核発電の近くの人びとの人権と
生存権を否定する反民主主義者だ
あまたの活断層がいまも動き出そうとしている日本列島で
最善のリスク管理は
核発電を再稼働させないこと
朝露のエネルギーで暮らすことだろう

明大通り

宮本　早苗（みやもと　さなえ）
1950年、茨城県生まれ。詩集『夜の声』。茨城県土浦市在住。

晩夏
御茶ノ水駅から三省堂へと向かう辺り一帯を
一匹のミンミンゼミが制圧している

何と激しい自己主張だろう

私は頭の中まで攪乱されてしまって
「エッと…何処に行こうとしていたんだっけ…」
目的地を見失いそうだ

土の中に六年も七年もいて
ようやく地上に出て来て僅か二～三週間の命
どんなに大きな声で鳴いても
誰にも責める権利なんてない
ここは外堀からは大分離れているけれど
きっと生まれ故郷は外堀の木立の中
（それとも、街路樹の木の根？）

複眼二つ、単眼三つ、五つの眼で見回してみても
歩いているヒトか

車を運転しているヒトしか見つからないだろう

成虫になったら先は短いから
早いとこ引き上げて
外堀の木立に帰った方が賢明だ
そこにならまだ
忍耐強い雌が生き残っているかも知れない
（こんなアドヴァイスは四億年も命を繋いできた
貴方たちにとっては余計なお世話かも知れないが――。）

それにしても
カメムシ目頸吻（ケイフン）亜目（アモク）セミ上科の連中は
逝きっぷりが見事だ
「後悔はない。」とばかりに
夏の終わりにはみんな腹を上にして
歩道やら車道やら庭先やら
至るところで往生を遂げている

セミ科のミンミンゼミ属よ
貴方たちが頼りにしているケヤキの木が

貴方たちだけは生き残ってくれるのではないかと
ケヤキが生きている限り
地球から姿を消してしまったとしても
多くの昆虫が
そのことが僅かばかりの希望を抱かせてくれる
風媒花であること

とりなし

美しい記憶はいつまでも心に住み続ける……

平成二七年の秋、三重県の伊賀上野を旅行した時のことだった。

すっかり疲れ果ててプラットホームのベンチに座っていると、

「団体列車が到着しますので黄色い線の内側までお下がり下さい。」のアナウンス。

入ってきたのはかわいい絵が車両一面に描かれている二両の団体列車。ドアが開くと、幼稚園児の男の子と先生らしい若い女性が飛び出してきた。

「速く！速く！」先生は大声だし、男の子は泣いているし、何が起こったのかとこちらまで緊張して見入っていると、隣で姉が一言。

「漏れちゃったかな？　あの子、間に合えばいいね。」

ホームは幼稚園児とお迎えの保護者と先生でてんやわんや。

しばらくして、騒ぎが収まったホームに今度は声だけが聞こえてきた。

お母さんらしい若い女性の声が子供を叱っている。叱られているのは男の子で、泣きじゃくっている。

駅員さんだろうか、年配の男性の声が

「そないに怒らんといてやってえな。」

男の子はさらに泣き続けていたが、お母さんの声は少し小さくなった。

「ありがとう、おじさん。でも、悪いのはボクなんだ。ママは悪くないんだ。だからママを叱らないで。でも、ありがとう。」

男の子の心の声が聞こえてくるようだ。

お母さんも駅員さんのとりなしで心の落ち着き先を見つけたようだ。

神住まう地には人の情けも住み続けることができるらしい。

伊賀上野の小さなプラットホームの上を初秋の心地よい風が吹き抜けていった。

大田稲荷大明神

古城　いつも（こじょう　いつも）
1958年、千葉県生まれ。歌集『クライム ステアズ フォーグッドダー』。歌誌「覇王樹」。千葉県船橋市在住。

船橋市民のわたしが
市川の町を歩けばいつも余所者で
さらに方向音痴の性向も手伝って
夕暮れになると
決まって迷子になる
ある日、中山の住宅街を歩いているうち
どっちが法華経寺で
どっちが木下街道で
どっちへ行けばうちに帰れるのか
途方に暮れてしまった
道は途中で袋小路になったり
そもそも大道へ抜ける道も見つかりそうにない

すっかり日は落ちた
すると小路の向こうから
提灯の明かりが揺れ揺れ近づいてくる
提灯を手にしていたのは
――――狐だった
狐は矢羽根模様の和服を着ていて
紺の足袋に草履を履いていた

そして、聞く
・・・・どちらへ参る？
家へ帰りたいなどとは
言ってはいけない気がして
・・・・法華経寺はどっち？
と、聞く

狐は言った
土産は持ったか
手ぶらで行くなよ

夜にお寺さんを訪ねるつもりはなく
提灯の明かりに入れてちょうだい
と頼んだ

灯明料は三文
おまえのクロスと代えてやってもいい
少しばかりぎょっとして

わたしのロザリオどうするの？
と聞くと
寺の向こうの病院の患者に
持って行ってやりたいのだ
喜ぶぞ
神も仏も捨てたと言っていたから
毎日毎日、テレビで連ドラ三昧で
家族も見舞いに来ぬと言う
カラオケは二十年も昔の曲のままだと

明神さまは拒まれないの？

わたしはただの畜生だ

滅相もございませんっ
わたくしはただの労働者でござります

会話をしながら結局
狐とわたしは連れだって歩いていた
やがて車のヘッドライトが近づいてきて
遠くに車道の気配がする
住宅街のキッチンの匂いがする

いつの間にか

————狐は消えていた

国立〜詩と喫茶も「共に生きる」

石川　樹林（いしかわ　じゅりん）
1953年、東京都生まれ。文芸誌「コールサック（石炭袋）」。東京都国立市在住。

ここは、こくりつ　ではない
ここは、くにたち

東京の郊外
保存された三角屋根の駅舎と
桜並木の「大学通り」が自慢
若いころ　名づけてあげた愛称は
「東の哲学の道」

文教地区のある国立
立川の兵隊さんのはけ口
ネオンの街にならぬよう
子どもたちを　まもったまちのひと
まちの歴史は浅くても
流れをつくるひとがいた

言葉の　湧水もそこにあった
国立高校から　富士見台団地から
公民館から　喫茶店から

今は亡き　喫茶店の女性店主さん
本棚には　通う人自身が置く本や詩集も
文化も珈琲もゆっくり回っていた
顔のある喫茶店
いくつも閉店したけれど
詩の響き　今も窓は開けられている

レコード盤を残した喫茶店からは
高齢女性の文学少女の熱さと
惑星の佇まいの詩が　聞こえてくる
新しくできた駅のスタバからは
若者の詩のような手話たちが
温かく空気を混ぜて　見えてくる

大学通りの本屋からは
このまちから　詩の希望を求めた人も
そとのくにへ　言語の壁を超えた人も
ふたつの国を抱え　詩の力を語る人も
ここで　詩の文化を広げた人も
音楽にのせ　派手な繊細の人も

百恵さんのバラのキルト本の近く
静かに　情熱的に　文字が立つ

きっと　今日もどこかで詩っている
桜色になる春も
耐えて生きる樹のときも
詩の芽が埋もれぬように
黒い幹から
樹の皮を破りながら
光への　わずかな
道を探すように

翔子さんの墨筆のように
詩も　喫茶も　国立で
「共に生きる」

補(1)　「共に生きる」はダウン症の書家である金澤翔子さんの書としても有名。過去、国立市企画で書道パフォーマンスと講演会（母・金澤泰子さん）も実施された。

補(2)　ここでは、国立に縁がある「詩の人」として、河津聖恵さん、多和田葉子さん、徐京植さん、和田まさこさん、忌野清志郎さんを取り上げさせて頂いた。

望郷のバラード

堀田　京子（ほった　きょうこ）
1944年、群馬県生まれ。詩集『愛あるところに光は満ちて』『おぼえていますか』。「コールサック（石炭袋）」会員。東京都清瀬市在住。

浅間の山に積もる雪
上毛三山空っ風
鳥がなく　青い空高く
田おこし麦踏み　草むしり
風呂焚き飯炊き　火吹き竹
今でも煙が　目にしみる
かやぶき屋根の　古い家
思いだすなあ　夕餉の会話
皆で囲んだ　あのちゃぶ台を
まだ家族が　そこにいるようで
父ちゃんと　呼んでみる
ねじりハチマキ　働き者の父
姉さんかぶりの　母の面影
兄弟たちの　はしゃぐ声
今でもみんな　いるようで
おしゃべり　したくなる私
乗り合いバスの　停留所
割烹着姿の母が　笑顔で手を振る
土ぼこりの道　忘れられない
今でも母が　いるようで
母ちゃんと　呼んでみる

あの友はこの夢は　あの恋は
ふるさとは　私の原点
歓びも悲しみも　ああ今は昔
母の懐に　抱かれているような
安らぎの場所　ふるさと
気が付けば　半世紀が過ぎていた
ああ　ふるさとは北風の中
田も畑も　置き去りにされて久しい
猛烈な　時代の波に流されて
人の心も　変わって寂しい
跡継ぎもいない　ふるさと
戦死した叔父達の　お墓にそぼふる雨
蕗(ふき)のとうが顔出し　こぶしの花が咲き始め
再生の時　めぐりめぐるふるさとの春
原発や震災そして災害で
故郷を追われた人々の　無念が胸をよぎる
アレルヤ　アレルヤ
新しい希望の光に　導かれますように

狭山湖逍遥　1

小川のせせらぎとシジュウカラの挨拶
川の手前に単線の線路があり
一番電車の駆け抜ける音
後方には孟宗竹と楠の森のざわめき
木々の間から漏れる暮らしの灯りが見える
ここは湖畔の故郷によく似た地形の村だ

朝がはじまる
散歩のついでに
少し遠くまで探索する
さすような冷気に導かれて

中氷川神社がある
鳥居をくぐってさらに奥へ進む
鬱蒼とした鎮守の森から
連なるようにトトロの森へと
それから正面に狭山湖が見えてくる
歩くほどに歩くことをかみしめる
ただそれだけのことを深く反芻する

高田　真（たかだ　まこと）
1952年、熊本県生まれ。詩集『猫のねているあいだに』『花族』。詩人会議会員、「冊」同人。埼玉県所沢市在住。

腹の底からふつふつと喜びさえ湧いて
わたしの手足や　髪の毛の先まで
山で育った者だからなと木霊が響く

都心までは電車で約一時間だが
まだ田舎の風景が残る
田畑も広がりのんびりと日が射して
樹齢四、五百年ほどの神々が笑う

都市に長く暮らしながらも都心には馴染めず
いまだに故郷の幻影を恋い探し求める
定住もできず仮住まいで転々と移り住み
二重の思いに引き裂かれたまま
おそらく死ぬまで宙ぶらりん

浦和23時

県庁前のモスバーガーが
まるでエドワードホッパーの絵だ
その横をレインコートの襟を立てて歩く
高層マンションの灯りが
鬼火に見える
あの部屋にもこの部屋にも
昔の私のように
引きこもって泣き叫ぶ子どもがきっといる
「帝国の逆襲」のＴシャツを着た私は
一番近くのコンビニで
ベトナム男子の店員から
ブランパンとほうじ茶ラテを袋に入れてもらう
ここが私の夜の休憩所
グエン君の黒縁眼鏡は
日本へ来るために
毎日がり勉した名残りなのかも知れない
出てくると自民党の本部の
二階はもう暗く
交差点の信号は黄色のまま停止している
すれ違う男女は

葉山　美玖（はやま　みく）
１９６４年、東京都生まれ。詩集『スパイラル』『約束』。
詩誌「妃」、個人誌「composition」。埼玉県さいたま市在住。

ホックニーの老夫婦のように無表情で
赤い悪魔と呼ばれるサッカーチームの
ネオンだけが点滅する
競技場の「ジャパニーズ・オンリー」
と言う垂れ幕を
誰も外さなかったのは僅か数年前
いつも通行人に挨拶を欠かさない
ネパール料理店の看板の
慣れない手つきのひらがなが目に鮮やかで
店の裏に積まれたキャンベルのトマトスープ缶が
24時間働け！と嘯(うそぶ)いている
深夜営業のタクシーが流してゆく
客も乗せずに
夜のジャングルを流してゆく

第七章　東北・北海道の地名

五輪峠

五輪峠
宇部何だって？……
宇部興左エ門？……ずゐぶん古い名前だな
　何べんも何べんも降った雪を
　いつ誰が踏み堅めたでもなしに
　みちはほそぼそ林をめぐる
地主ったって
君の部落のうちだけだらう
野原の方ももってるのか
　……それは部落のうちだけです……
それでは山林でもあるんだな
　……十町歩もあるさうです……
それで毎日糸織を着て
ゐろりのへりできせるを叩いて
政治家きどりでゐるんだな
それは間もなく没落さ
いまだってもうマイナスだらう
　向ふは岩と松との高み
　その左にはがらんと暗いみぞれのそらがひらいてゐる
そこが二番の峠かな
まだ三つなどあるのかなあ
　がらんと暗いみぞれのそらの右側に
　松が幾本生えてゐる
　藪が陰気にこもってゐる
　なかにしょんぼり立つものは
　まさしく古い五輪の塔だ
　苔に蒸された花崗(みかげ)岩の古い五輪の塔だ
あゝこゝは
五輪の塔があるために
五輪峠といふんだな
ぼくはまた
峠がみんなで五っつあって
地輪峠水輪峠空輪峠といふのだらうと
たったいままで思ってゐた
地図ももたずに来たからな
　そのまちがった五つの峯が
　どこかの遠い雪ぞらに
　さめざめ青くひかってゐる
　消えやうとしてまたひかる

宮沢　賢治（みやざわ　けんじ）
1896年〜1933年。岩手県生まれ。『春と修羅』、童話集『注文の多い料理店』。詩誌「銅鑼」。岩手県花巻市に暮らした。

このわけ方はいゝんだな
物質全部を電子に帰し
電子を真空異相といへば
いまとすこしもかはらない
　宇部五右衛門が目をつむる
宇部五右衛門の意識はない
宇部五右衛門の霊もない
けれどももしも真空の
こっちの側かどこかの側で
いままで宇部五右衛門が
これはおれだと思ってゐた
さういふやうな現象が
ぽかっと万一起るとする
そこにはやっぱり類似のやつが
これがおれだとおもってゐる
それがたくさんあるとする
互ひにおれはおれだといふ
互ひにあれは雲だといふ
互ひにこれは土だといふ
さういふことはなくはない
そこには別の五輪の塔だ

あ何だあいつは
　いま前に展く暗いものは
まさしく北上の平野である
薄墨いろの雲につらなり
酵母の雪に朧ろにされて
　海と湛へる藍と銀との平野である
向ふの雲まで野原のやうだ
あすこらへんが水沢か
君のところはどの辺だらう
そこらの丘のかげにあたってゐるのかな
そこにさっきの宇部五右エ門が
やはりきせるを叩いてゐる
　雪がもうここにもどしどし降ってくる
塵のやうに灰のやうに降ってくる
つつじやこならの灌木も
まっくろな温石いしも
みんないっしょにまだらになる

樹下の二人

――みちのくの安達が原の二本松松の根かたに人立てる見ゆ――

あれが阿多多羅山（あたたらやま）、
あの光るのが阿武隈川（あぶくまがは）。

かうやつて言葉すくなに坐つてゐると、
うつとりねむるやうな頭（あたま）の中に、
ただ遠い世の松風ばかりが薄みどりに吹き渡ります。
この大きな冬のはじめの野山の中に、
あなたと二人静かに燃えて手を組んでゐるよろこびを、
下を見てゐるあの白い雲にかくすのは止しませう。

あなたは不思議な仙丹を魂の壺にくゆらせて、
ああ、何といふ幽妙な愛の海ぞこに人を誘ふことか、
ふたり一緒に歩いた十年の季節の展望は、
ただあなたの中に女人の無限を見せるばかり。
無限の境に烟るものこそ、
こんなにも情意に悩む私を清めてくれ、
こんなにも苦渋を身に負ふ私に爽かな若さの泉を注いで
　くれる、
むしろ魔もののやうに捉へがたい
妙に変幻するものですね。

高村　光太郎（たかむら　こうたろう）

1883〜1956年、東京都生まれ。詩集『道程』『智恵子抄』。
岩手県花巻市郊外などに暮らした。

あれが阿多多羅山、
あの光るのが阿武隈川。

ここはあなたの生れたふるさと、
あの小さな白壁の点点があなたのうちの酒庫（さかぐら）。
それでは足をのびのびと投げ出して、
このがらんと晴れ渡つた北国（きたぐに）の木の香に満ちた空気を吸
　はう。
あなたそのもののやうなこのひいやりと快い、
すんなりと弾力ある雰囲気に肌を洗はう。
私は又あした遠く去る、
あの無頼の都、混沌たる愛憎の渦の中へ、
私の恐れる、しかも執着深いあの人間喜劇のただ中へ。
ここはあなたの生れたふるさと、
この不思議な別箇の肉身を生んだ天地。
まだ松風が吹いてゐます、
もう一度この冬のはじめの物寂しいパノラマの地理を教
　へて下さい。

あれが阿多多羅山、
あの光るのが阿武隈川。

岩手山

あの山を見て下さい
好きな人がくると
私はきまって言いたくなる

あれこそ蜃気楼の見える奥羽の砂漠
笑気のたつ奥羽の湿地原
魂を凍らせてやまぬ奥羽の大雪原

もっと高台へのぼって見て下さい
私は幾度でも言いたくなる
眠っている奥羽のダイノザウルスを
火を持ち始めた奥羽のピテカントロプスを

あれから何が始まるか
あれがどんな重力を行使し始めるか
今のうちですよく見ておいて下さい

村上　昭夫（むらかみ　あきお）
1927〜1968年。岩手県生まれ。詩集『動物哀歌』。
岩手県盛岡市に暮らした。

平泉

ミイラをつつんであった一枚の布であったが
心は八百年前の奥州に飛び
エゾ地を駈けまわる武将の姿が映ってくる
其処はまだ野草のぼうぼうと生え茂った
野獣の吠える中で
俊馬は武将をのせて高くいなないただろう
みやびやかな大宮人が東都にうたを詠んでいたとき
中尊寺はエゾ北方のこの国に栄えたのだ

藤原三代がエビスであったとて
それがなんであろう
北上川は数百年の時を流れ
清流はにごりににごって
白砂を黄色く変えようと

誰か故郷を想はざる

汽笛

私は一九三五年十二月十日に青森県の北海岸の小駅で生まれた。しかし戸籍上では翌三六年一月十日に生まれたことになっている。この三十日間のアリバイについて聞き糺すと、私の母は「おまえは走っている汽車のなかで生まれたから、出生地があいまいなのだ」と冗談めかして言うのだった。

実際、私の父は移動の多い地方警察の刑事であり、私が生まれたのは「転勤」のさなかなのであった。だが、私が汽車のなかで生まれたというのは本当ではなかった。北国の十二月と言えば猛烈にさむかったし、暖房のなかった時代の蒸気汽車に出産間近の母が乗ったりする訳がなかったからである。それでも、私は「走っている汽車の中で生まれた」と言う個人的な伝説にひどく執着するようになっていた。

自分がいかに一所不住の思想にとり憑かれているかについて語ったあとで、私はきまって、

「何しろ、おれの故郷は汽車の中だからな」

とつけ加えたものだった。

寺山　修司（てらやま　しゅうじ）

1935〜1983年。青森県生まれ。作品集『われに五月を』、随筆集『書を捨てよ、町へ出よう』。劇団「天井桟敷」主宰。東京都港区などに暮らした。

『日本週報』を購読していた父は、刑事のくせにアルコール中毒だった。家へ帰ってきてもほとんど無口で、私に声をかけてくれることなどまるでなかった。仕事にだけは異常に熱心で、思想犯として捕えた大学教授の顔に、平気でにごった唾をかけたりしたそうである。

私は、荒野しか見えない一軒家の壁に吊られた父の拳銃にさわるのが好きであった。それは、どんな書物よりもずっしりとした重量感があった。父はときどきそれを解体して掃除していたが、組立て終るとあたりかまわず狙いをさだめてみるのだった。その銃口は、ときに私の胸許に向けられることもあったし、ときには雪におおわれた荒野に向けられることもあった。今も私に忘れられないのはある夜、拳銃掃除を終った父の銃口が、まるで冗談のように神棚に向けられたまま動かなくなったことだった。びっくりした母が、真青になってその手から拳銃を奪いとって「あなた、何するの」とふるえ声で言った。神棚には天皇陛下の写真が飾られてあったのである。

蔵王に寄す

われはおもう　ふるさとの水
ことごとく汝のふところに湧けるを
そは生命の泉なりき
そそぎてものを稔らしめき
　蔵王よ
　蔵王よ
　母のごといつくしみの頬ぬらす山

われは訪いき　いくそたび
落莫の溶岩丘に花を愛ずると
天の雫か　地の星か
たかき岩根に雲を巻くかの駒くさの花を愛ずると
　蔵王よ
　蔵王よ
　あるとしもなき花の明りに昏れなずむ山

汝かつて焔を噴き石をふらし
いまもふところにふかく火を蔵す
汝の怒りに朔北の風は乱れ
汝の吐きし悪気に鳥獣も死せり
　蔵王よ
　蔵王よ
　父のごといかめしき汝　火の山

ああ登高のおもいこそかなしけれ
かの精神の遍歴の日に
汝のいただきをもとめて攀じし愛慕のこころ
すがた見ざる日も背後に汝をたのみたりしを
蔵王よ
蔵王よ
火口湖に黒きつばさの岩燕今日もうたうや
怒れ　火の山
思念のよどみを
星座のかなたに噴きあげるもの
静かなる激情の山　蔵王蔵王よ

真壁　仁（まかべ　じん）
1907年～1984年。山形県生まれ。詩集『氷の花』『みちのく山河行』。「地下水」。山形県山形市に暮らした。

夷俘の叛逆

中華という思想があった
自らを世界の中央に君臨するものとし
四周を未開の地としてその住民を蔑視して
東夷・西戎・南蛮・北狄と呼んだ

中華思想は東海の島嶼に及んだ
ヤマト王権は東方や北方の先住民たちを
夷狄・蝦夷・蝦賊と名付けて従属させようとし
順化の程度によって夷俘・俘囚などと差別した

当然のこととしてレジスタンス活動が続発した
たとえば七七〇年代（宝亀年代）
七七〇（宝亀元）年、蝦夷反乱、賊地に逃げ還る
七七四（宝亀五）年、蝦夷反乱し桃生城に侵入する
七七六（宝亀七）年、志波・胆沢の蝦夷が叛逆する
七七七（宝亀八）年、蝦賊叛逆、出羽軍が敗れる

奈良末期の陸奥国伊治郡に
夷俘を祖とする大領（郡司）伊治公呰麻呂がいた
呰麻呂の名は魁偉な容貌を連想させる

七八〇（宝亀十一）年に伊治城で乱を起こし
按察使の紀広純らを撃退し
数日後には多賀城に侵入した

七八九（延暦八）年に大墓公阿弖流為が
胆沢の巣伏の戦いで
侵攻したヤマト王権の蝦夷征討軍を斥けたのは
宝亀の乱の九年のちのことである
呰麻呂や阿弖流為のように史書に記名されることなく
記憶の彼方に消えた蝦賊は数知れない

若松　丈太郎（わかまつ　じょうたろう）
1935〜2021年。岩手県生まれ。詩集『十歳の夏まで戦争だった』『夷俘の叛逆』。詩誌「いのちの籠」「腹の虫」。福島県南相馬市などに暮した。

岩偶のわらい

おおむかしの人は
森吉の山を
あおぎみるとき
獣のように　わらったのだ
阿仁川の　せせらぎにひたっては
かじかにまけず　なきかわす

いま　わたしの生のみなもとで
なおも　おおぐちをあけ
わらいころげる
白坂遺跡の
岩偶（がんぐう）

縄文時代
日の出とともに　おきだし
夜のとばりがおりて　ねむる
おおきな樹木と　かたりあい
ちいさな野の花と　むつみあう
風や火　水のたましいたちと
てをとりあってすごす
きらきらした時間

そして
星ぞらにたかわらいし
雷雨におののくさけびが
こだましやまぬ　北の大地

うしなわれたまま　五千年もたつ
声の忘れものを　あたらしい年の朝市で
わたしは　見つけた

山の幸　畑のみのりを
ざるいっぱいにひろげ
道ゆく人によびかける
ひとりの婆さま
岩偶の化身　さながらの
縄文のわらい　そこぬけのあかるさ

と
あばれまくる
ふぶきの天が　みるみるうちに
静まり　晴れあがってきた

亀谷　健樹（かめや　けんじゅ）
1929年、秋田県生まれ。詩集『亀谷健樹詩禅集』『水を聴く』。
詩誌「密造者」、日本現代詩人会会員。秋田県北秋田市在住。

わが浪江町

いつから福島がフクシマになったのか
うつくしまふくしまが
カタカナ文字のフクシマに。
福島県に私は生まれ育った。
それも双葉郡浪江町という所に。
海があり　山があり
二つの美しい川があり
みどりの豊かな町だった。
なぜ　そこを追われなければならないのか
答えてくれ
私は浪江町が好きだった。
誰よりも好きだった。
子どもの頃は魚つりをした。
鳥刺しをした。
山や川で遊んだ。
野原に寝ころんで
流れ行く雲を見た。
みんなみんな美しかった。
美しい心をしていた。
おとなになっても
純粋なままだった。
四季折々の花が咲き
人々は優しい気持ちをしていた。
わが浪江町。
この地に　いつの日にか
必ずや帰らなければならぬ。
地を這っても
帰らなければならぬ。
杖をついても
帰らなければならぬ。
わが郷里浪江町に。

根本　昌幸（ねもと　まさゆき）
１９４６年、福島県生まれ。詩集『昆虫の家』『荒野に立ちて』。
日本ペンクラブ、日本詩人クラブ会員。福島県浪江町より相馬市に避難。

歴史をつないで
——武士(もののふ)の夏

新しい時代の相馬(そうま)地方の夏だ
海は夏の陽を染め
空は海に向かって広がってゆく
言霊の幸(さき)わう国の令和元年
相馬の郷人(さきびと)たちが心を燃やす夏の祭り
相馬野馬追がいまはじまる

幾多の惨禍をも乗り越え
鬨(とき)の声を上げ鼓舞し
歴史を闊歩してきた勇みたつ駒の背に
甲冑(かっちゅう)　具足　旗指物
祖先の志(こころざし)と魂魄をまとい
今年も五郷*の武者たちが結集した
水泡(みなも)となった同胞への鎮魂をこめ
連綿と受け継いできた武士魂(さむらい)

海からの風に木漏れ日は揺れ
法螺(ほら)貝の合図に炸裂する花火
風をよむ一瞬の静寂
いざゆけ！

みうら　ひろこ
1942年、中国山西省生まれ。詩集『ふらここの涙—九年目のふくしま浜通り』『渚の午後—ふくしま浜通りから』。文芸誌「コールサック（石炭袋）」、福島県現代詩人会会員。福島県相馬市在住。

人馬一体大地を蹴って疾駆せよ
新しい時代につないできた
令和を生きる武士たちの夏の合戦(たたかい)だ

*北郷・宇多郷・中ノ郷・小高郷・標葉郷（旧相馬藩領地）相馬地方
*福島民報　二〇一九年七月二十六日掲載

前田　新（まえだ　あらた）
1937年、福島県生まれ。詩集『無告の人』『一粒の砂―フクシマから世界に』。詩誌「詩脈」、詩人会議会員。福島県会津美里町在住。

会津幻論
――サトゥルヌス

会津という土地に
生まれ育ち
七十余年を生きてきた私には
過去からの歴史も
移り行く季節の風光も
風も、降り積もる冷たい雪も
夏の雨も
周りの山々を走り去る秋の霧も
この地の現象のすべてが
私の存在の自己了解なのである

そこに生きる
私のいのちもまた
微生物を含む、あらゆるものとの
連環のなかの営みだから
はるかな宇宙からの
送信に呼応して心拍を打ちはじめ
やがてどこかの星の終わりに
連動して止まる
風土はただ、それを包む

その風土を
いま、放射性物質が席巻する
それは目には見えない
物音ひとつしない
形状にも何の変化もない
しかし、いのちの連鎖が断ち切られる
それでもかれらは
儲けのために
平然と原発をまわす

いま、テレビに映る
かれらの顔を見る
すると突然
ゴヤの描いた「サトゥルヌス」の絵が
オーバーラップする
かれらは、かれらの既得利権が
奪われるという恐怖の観念におびえて
サトゥルヌスのように
わが子を
おのれの未来を
慄きながら食っている

菊多浦＊―わたしの海

うおずみ　千尋（うおずみ　ちひろ）
1944年、福島県生まれ。詩集『牡丹雪幻想』『白詰草序奏』。詩誌「衣」。石川県金沢市在住。

どこまでも広がる冬空の下に
重い灰色を湛えて伸びる　水平線
押し寄せては打ち上げ
打ち上げては広がる波を横目に
ひと足
ひと足
砂を踏みしめてゆく

遠く　弧を描いて霞む半島
砂丘の外れ　河口にはためく赤い旗の
悲鳴に似た鋭い響きが
わたしを誘うのだ

削り取った砂壁を更に削り
水中深く渦巻いて吹き上がる　怒濤の凄まじさ
激しく落下する波の底
人形（ひとがた）に抱き合い
斜めに水没して　天空凝視する
二本の石柱よ

あれは　わたしの海
あれこそは　わたしの胸中
故郷の　大いなる海原
目を閉じれば今も浮かび上がる深淵に
逆さに落下する影の烈しさよ

凍てついた窓を氷雪（ひょうせつ）が伝い落ちてゆく
ここは雪国　いまは夜
もはや遠すぎて届かぬひとを
それでもわたしは独り見つめている

これが　わたしの日々
ここが　わたしの今居る場所
これこそが　わたしの有りの儘（まま）の海
かつて
あの大海原に渦巻いた　灼熱の想い
いまもひっそりと抱き締めたまま
女は　生きてゆけるのだ

＊菊多浦…福島県いわき市南部の海岸

野に春は＊

阿武隈の山脈が遙か遠くに霞み
故郷（ふるさと）に
また、春三月（はるさんがつ）が巡ってくる。

夜ノ森の満開の桜が
富岡の天空（そら）を明るく染めるのも
あとわずかだ。

三月の強い風に
低く垂れ込めた雲の流れは速い

目を閉じると
阿武隈の低い山々が
沈んだこころの嗚咽のように
瞼の裏に浮かんでくる。

あの日は
小雪が舞う寒い日
飯舘村は
家々の屋根も、葉を落とした雑木林も

齋藤　貢（さいとう　みつぐ）
1954年、福島県生まれ。詩集『夕焼け売り』『汝は、塵なれば』。
詩誌「白亜紀」「歴程」。福島県いわき市在住。

小高い丘陵地も
うっすらと白い雪に包まれた。

小高の
村上の浜では
海が、震えた。
うち震えて
ひとも、車も、家屋も
ひとつひとつが
水煙の底に沈み
海の彼方へと、流されて、消えた。

その日
思い出も、未来も
過去も、希望も
すべてが
消され、流され、奪われてしまったのだろうか。

もう二度と
もとには戻らないかもしれない、と思う。

目を閉じると
うち震えて流された、あなたが
春三月の阿武隈の山脈の
天空に舞い上がっていく。

あなたは風になるだろうか。
空に、雲に、なるのだろうか。

阿武隈の山脈を吹き渡る風は
小高にも
浪江にも
双葉や
大熊の町並みにも
富岡や
楢葉の甍の上をも
吹き渡っていくだろう。

風は国境を越えて吹き渡っていくのだ。

引き裂かれるのは、奪われた土地と
わたしたちの土地への思い。
戻りたいのに、戻れない。
悲しみのこころばかりだろう。

請戸川には
今年も、また
秋になれば、鮭が遡上する。
誰もいないひっそりとした川縁には
かつての賑わいもないが
この被災地にも、季節は巡るのだろうか。

この土地に、野に、山に、海に、川に
春は、また来るのだろうか。

誰もいない
小高の村上城趾に佇む。

海に向かって
無言のまま、そっと両手を合わせる。

＊鄭周河写真集『奪われた野にも春は来るか』へのオマージュとして。

五葉山

北上山地の最高峰
霊峰五葉山
仙台藩直轄の「御用山」が名の起こり

五葉山のふもとの山里
平山集落で
私は生まれ育った

その昔
山里の人々は
山峡の狭い土地に
本家と分家が脈脈と連なり
先祖伝来の田畑を耕し
野良仕事の合間をぬって
古びた水車でせっせと米や粉を搗（つ）き
慎ましく暮らしていた

山里の人々は
そんなに内緒は豊かでなかったが
日がな一日回る水車に似て
こつこつと働いていた

五葉山の尾根に月が青く冴えるとき
ふもとを流れる鷹生川のせせらぎは
コットン、コットン
水車の音と響き合い
山里の人々の耳目を洗ってくれた

乳のごとき古里を離れて五十年
暦日を重ね
五葉山のふもとには
しゃくなげの湯っこ・五葉温泉が湧き
山里の暮らし向きは大きく変わったが
古里の人々は今も
温厚な気立てのまま
怖（お）めず臆（おく）せず産土（うぶすな）のケセン語を交わし
結（ゆ）いの絆を固め
充ち足りた日を送っている

金野　清人（こんの　きよと）
1935年、岩手県生まれ。詩集『冬の蝶』『青の時』。
岩手県詩人クラブ、北上詩人の会会員。岩手県盛岡市在住。

大地震

おじいさん・おばあさんの故郷は　双葉町両竹　東京電力福島第一原子力発電所があった町　ことみちゃんが生まれた年　この町には大変なことが起こったんだ　地震と津波と原子力発電所の爆発事故　そのとき　おじいさんは畑仕事に出ててね　間もなく大津波が　襲ってきたんだ！

ズシンドドド　地面を突き破り
突然　やってきた地響き
グラリ　グラリ　大きな揺れが来た
とてつもない大きい地震だ
大地がうなり
海が走り
川が波打ち　躍った
樹々が震え
崖が崩れ　砂塵が舞い上がる
ゴオウゴオウと地は鳴りひびき
ごう音が虚空に舞い上がり
天に突きぬけて
いつ止むことなく続く

斉藤　六郎（さいとう　ろくろう）
１９３７年、福島県生まれ。詩集『母なる故郷 双葉―震災から10年の伝言』。福島県いわき市在住。

道路に亀裂が走り
民家の屋根が崩れ落ち
人々は　ああ　おお　とわめき
その場に立ちすくむだけだった
マグニチュード９・０
東北地方太平洋沖地震だ

２０１１年３月11日　午後２時46分　東北地方太平洋沖地震が発生　地震と津波によって青森県　岩手県　宮城県　福島県　茨城県　千葉県などが大きな被害を受けた

その上に福島県では原子力発電所の爆発事故で多くの人が故郷を根こそぎ奪われてしまった

そして、この地震による災害は東日本大震災と名付けられたんだよ

わたしの夢飛行
——津軽のけっぱれ人生

生きるために生きようとするために
背負い背負わされ　ぶらさげねばならぬ
ふかい想念（おもいで）や消し去れぬ記憶は
人の生存中の首にぶらさげられた幻の光線（ひかり）である
すべては「生まれた時」から「死ぬ時」まで
おなじ意識のありよう　おなじ思念のもちようで
生存できるものではない
そう自然の競争の
そう人間の競争の
風土作用の掟の運命のありようにもあるように

考えてもみろ
人はおなじ風土や風景のなかにあっても
その自然の風や雨
その自然の雪や光
もっと身近にいえば日本列島の位置する特徴の
春夏秋冬の四季の移りかわりや
人の住む成長の認識で捉え方も少しは流動しよう
自然のからみつく四季をうみ回帰をねがいつつ
人も風景の風光をたとえ郷愁幻想の美学をつくり
その地域や地形の息づかいに育てられてきた

わたしも
わたしの兄弟たちも　幼な友も
季節を着たやさしさと厳しさを
オギャと生み落とされた首にぶらさげられ
生身の存在を風光という《自然命》にさらされて
わたしの愛し泣かされた津軽田園の平野よ
風土というふるさとは望遠鏡での眼の懐かしさか
その人の消しえぬ眼のやさしさか
そのやさしさは諦念の人生郷愁の凝視美だ
出自の風景地を捨てようが捨てえないでいようが

津軽の人たちよ
汗をながし　日焼けし　しわをふかくし
ただ黙々とリンゴ畑の花を愛し実る稲穂を愛し
生まれた平野をたがやし
にこやかな笑顔をみせ　うれし涙をながし
悲しい顔をつくるのも
生きるという人生に

石村　柳三（いしむら　りゅうぞう）
1944～2018年。青森県生まれ。評論集『石橋湛山の慈悲精神と世界平和』、『句集 雑草流句心・詩集 足の眼』。「コールサック（石炭袋）」、石橋湛山研究会会員。千葉県千葉市などに暮した。

「けっぱれ」という津軽の農夫(たみ)の魂がしみこんで
「けっぱれとは頑張れや努力しろ」の応援歌だ
もっともふかい津軽人の魂のさけびなんだ

北方の縄文人の血をひく天と川と大地の津軽平野
風土の四季に支配されつつ共生した縄文系人よ
今は津軽人となって厳しくも美しい自然性を飾り
「けっぱれ人生」の姿のやすらぎ
「けっぱれ泣き笑い」の姿の力を呑みこんで
耐えてきた先祖たちの祈りの　さ　け　び
その想念の黙然のねがいにこそ
生命をたたえる津軽平野の山や川そして湖が
帰る風光命の《けっぱれ人生》の夢飛行を仰ぐ
律軽の「けっぱれ」は頑張れや努力より血張れだ

人よ知れ出自の匂う風景にこそ夢飛行の幻視美だ

○けっぱれは血張れをなすわが言葉
○風光を知るいのちこそ夢飛行

〈平成二十四年暦の上では立夏に入る日　稿なる〉

避難する日

平成二三年三月一一日　午後二時四六分頃
三陸沖でM九・〇の東日本大震災発生
郡山市は震度六弱の大揺れ　死者一名
家屋全壊二、五七二件　半壊一九、六七五件[*1]
東京電力福島第一原発の一、三、四号機は
一五日までに水素爆発　原発から半径二〇キロ圏内
は避難指示　三〇キロ圏内は屋内退避指示
米国は自国民に八〇キロ圏内から退避勧告

一五日　妻は息子の五歳になる孫娘を連れ
東京の妹の所へ自主避難
一六日　六〇キロ圏の福島市に住む娘は　夫を残し
小五と小二の男女二人の子どもを連れ
ひとまず新潟方面へ避難するという
頼み込まれわたしも　たまたま満タンの愛車で同行
助手席に娘　後部座席に二人の孫
車のトランクには味噌・米から衣類まで
詰め込まれるだけの品々で一杯
終には奈良の篤志家宅に滞在　四月八日帰宅

　終戦の年の昭和二〇年四月一二日
午前一一時二五分頃　郡山市に初めての

安部　一美（あべ　かずみ）

1937年、福島県生まれ。詩集『父の記憶』『夕暮れ時になると』。詩誌「熱気球（詩の会こおりやま）」、福島県現代詩人会会員。福島県郡山市在住。

アメリカ空軍　B29による空襲
死者四六〇名　郡山駅・駅前商店街のほか
駅東の工業地帯の工場・民家などに大きな被害
この後三回の空襲を合わせ約五〇〇戸が焼失・倒壊
強制疎開により約二、〇〇〇戸以上が罹災[*2]
被災を免れたこの日の午後
父方の祖父が引く馬車で　積めるだけの家財道具と
国民小学校二年生のわたし　それに母と妹二人は
一〇数キロほど西方にある母の実家に疎開

およそ七〇年の間に巡り合った二つの避難
敗戦からその復興までには
父の戦場死という傷痕を引きずった
地震による原発事故の放射線被害について
国は低レベルの放射線量が　直ちに
健康に影響を及ぼすものではないと言うが
セシウムでさえ半減期は三〇年
その時　地震・津波の被害と合わせ
どんな復旧復興を遂げ　如何なる生活を送っているか
もうわたしは見届けることはできないだろう

＊1　件数は郡山市の罹災証明発行件数　＊2「郡山の歴史」による

凍鶴（いでづる）のように

前原　正治（まえはら　まさはる）
1941年、宮城県生まれ。詩集『水　離（か）る』『緑の歌』。詩誌「撃竹」同人、日本現代詩人会会員。宮城県宮城郡在住。

遊魂を前に

ごろごろと石の群がる川底を露呈し
人の世の連なりも涸れがれの流れに洗われ
徒労であった日々への思いに
頬だけを夕映えのように紅潮させ
なおも父よ
螢のように無明（むみょう）をさまようのか
明治の精神の飛沫の名残りを
まだ目の縁に滴らせ
剛く突っ立っている悲しいみちのくの案山子（かかし）
妻や子との夢の通い路すら途絶え
凍土（とうど）の上で魂を
鬼火のようにちらつかせている……
気絶して崩れてくる意識が
灰色の雪のようにつぎつぎに降りつもり
部厚い闇と化した世界から
それでも父はいま一度
わが身を励まして頭を上げ
ぼろぼろの羽の孤鶴の最後の鳴き声に似せて
おのれに向かって総括の言葉をいい放つ

わが亡骸の永眠する土の直下に
われを噛み支える形で
散乱した恐竜の化石の
その顎（アギト）よ　在れ！

湯死

私の帰郷を待っていたかのように
早春の或る夕べ
誰にも知られずひっそりと
父は湯の中で息絶えていた
私たちが駆けつけたとき
先代で没落したが
江戸期に栄えた廻船問屋の末裔として
せめて体を湯舟に残し
しほがまの浦こぐ舟のつなで*を切り
その幽魂はまたたく間に入江を過ぎ
風をはさんだ一羽の白鳥のように
人の世を突き出た大海へ
その孤影を消しつつあった

＊しほがまの浦こぐ舟のつなで（「古今集」の東歌の一部で、歌枕のしほがまの浦は、私の郷里塩竈市の千賀の浦を指す）

北畑　光男（きたばたけ　みつお）
１９４６年、岩手県生まれ。詩集『救沢まで』『北の蜻蛉』。
詩誌「歴程」「撃竹」。埼玉県児玉郡在住。

救沢の風

まぶたをとじると
山が
大きくゆれ動いているのであった
その山のなかから
巨大な恐竜の吠えるような音が
私を誘うのである
岩手県下閉伊郡小川村　救沢（すくえざわ）の風である
あの山をゆらす風は
兎や狐そして時には熊や羚羊などをつれてくる
透かしてみる木々の葉からは鳥の声が風にのってくる
牛をつれて穴目が岳の高原にものぼったし
きのこをとりに黒森山にものぼった
日が沈めば
家のランプに灯をともした
囲炉裏の火が
家族の心だけをうつしだしていた
風の夜に栗の実はぼたぼたとおちた
裏の山が巨大な恐竜のように吠えた
食べるものもなく
生まれてすぐに亡くなった姉が風になり
氷河期に滅んだ恐竜たちを
呼んでいるようにも思えるのであった
燠だけを残して
親も兄も妹もしんと眠った
目をつむると
山が大きくゆれ動いている
以来三十余年
転々と居を変えるたびに軽くなってくる私に
救沢の風が吹きつけてくる

風にまいあげられる紙きれのように
私の生は中空を
ただよいつづけるのであるか

一杯のコーヒー

大槌の中心あたりに
花やしきがある
ドアを開けると
鈴がなる
だんろに
べんちしーと　くすりとだな
ここは昔
歯医者だった
雰囲気のある
芸術家夫婦の　コーヒー屋
夕方のラジオから
小川歯医者の
花やしき
と
女子アナの声と
流れる歌を聞きながら

3月11日午後2時46分50秒
あの震災が
花をおり
コーヒーカップを
スプーンを
すべて　持ちさった
なにもかも
全て　残さずに

海への恋心

私は風になりたい
いつも
あなたのそばに
居たいから
空とぶカモメのように
舞っていたいから

東梅　洋子（とうばい　ようこ）
1951年、岩手県生まれ。詩集『連結詩　うねり　70篇・大槌町にて』。
岩手県詩人クラブ会員。岩手県北上市在住。

花一揆

仙人峠の肩に
化物（ばけもの）のような蚊柱が立った

それから三日後の夕方
五輪峠の上に
筵（むしろ）のような雲が浮いた

種山ヶ原では
去年の芒がゆれている
麓の清三郎が
筵旗を振ると
賢治の畑に
菜種がこぼれる
雛子剣舞（ひなこけんばい）の笛太鼓が
藩境を越えて行く

佐藤　秀昭（さとう　ひであき）
1939年、朝鮮咸鏡北道生まれ。詩集『毛越寺二十日夜祭』。
岩手県奥州市在住。

伊勢堂岱異聞

成田　豊人（なりた　とよんど）
1951年、秋田県生まれ。詩集『北の旋律』『夜明けのラビリンス』。詩誌「komayumi」、秋田県現代詩人協会会員。秋田県北秋田市在住。

北面に田代岳、十ノ瀬山、烏帽子岳、駒ケ岳
吹きくる風は　時おりシベリアの末裔も含み
河岸段丘上の環状列石遺構群をめざし
跳ね返されて周囲に下る
風も光も何ひとつ変わりはないが
石たちは疎まれ　忘れられ
あの頃の祈りも封印されたまま
ただの石くれとして土に埋もれていた

川の近くに生活が巡らされ
時はことさら無に向かって流れ
感情が拡散したり凝縮されすぎたり
情け容赦もなく削除された時もある
顧みられることもなく　こぼれ落ちたものは
地面に一瞬影を刻んだにすぎない

いつの間にか生活の色彩が薄れ
村と町との境目が消え去り
祈りは淋しい通りの向こうに捨てられ
過ぎ去って行く者の数は夥しく

あざけりの挨拶を晒すだけだ
残るしかない者は
記憶を辿ることにも倦み
いつか流行った歌を　薄暗がりに埋めてしまう

夜が心を波立たせる刹那
時の過ぎ去る重さに耐えきれず
まだ残っている意味を　確かめたくなる時
遠い昔に誘うような
胸の奥を哀しみで塗り込めるような
何かのかすかな気配に気づき
眠れないまま朝を迎えてしまう

昼近く　やっと深い霧が晴れ
丘の上は眩しい静寂の中にある
幾重にも層をなす　生活の喧噪に惑わされず
喪われた年月が　煙ほどに顧みられなくても
石たちは夜ごと星々との交信に艶めき
太陽の下（もと）　新たな神話を身籠り
これから封印を解き放そうとしている

雪の葬列

磐越西線に乗り
猪苗代湖(いなわしろこ)へ向かう
中山峠を過ぎたあたりから
土葬の祖母の墓山がみえてくると
耳裏にこうこうと打ちよせる情景がある

田舎の祖母が逝ったのは
ぼた雪の降りしきる夜だった
長襦袢(ながじゅばん)から真っ赤な腰紐をほどき
みずからの両足首をきつく結んで
祖母は　逝った
ただただ土に生き
草の名を教えてくれた大切な祖母だった

葬送の日も朝から　激しい雪で
白装束(しろしょうぞく)に天冠をつけた父は
素足に藁の草履をはいて列の中に立っていた
渦まくように降る雪は
遺影を抱きしめる父を　打つ
遺影の祖母の顔を　打つ

宮　せつ湖（みや　せつこ）
福島県生まれ。詩集『雨が降りそう』。詩誌「アリゼ」同人。
滋賀県大津市在住。

わたしは葬送の間中
足首を閉じ半身を蔵って逝った
祖母の最期の仕草を思っていた
うつくしいと
声さえ凍らす雪の荒びの中から
父の号泣が聞こえる　それは
葬列を曳く一艘の雪舟のようだった
白い水脈(みお)が蛇行しながら墓山をのぼってゆく
その傍らにほそくゆらいでいた
真っ赤な蝶

　さにつらう腰紐ほどき足首を
　真赤き蝶にむすびて逝けり
今のわたしには詠うことしかできなくて

飛ぶ橇　13

彼自身その理由はよく判らなかつたが、
彼自身気づかぬ間に
彼の住む環境を北へ北へと
しぜんに移して樺太まで
やつて来てしまつたことを知つてゐる、
そしてそこには彼にはかぎらない、
あらゆる人々が彼と
同じやうな経歴をもつてゐる、
世間では津軽海峡のことを
『塩つぱい河』といふ、
彼もまた人生のこの塩つぱい河を
とうとう渡つて殖民地の極北まで来てしまつた、
環境の独楽（コマ）はクルクルと
北へ移つて行つた
内地本土から追ひ立てられて
樺太の北緯五十度まで住居を押しつけられてしまつた、
アイヌ種族たちはその典型的な
生活の敗北者の群であつた、
こゝに住む一切の人々は
従つて生活の経験が異状であり
個性もまた異状であつた、
強い正義人たちがこれらの
人々の中に数多く混つて
大きな憤懣をいだきながら死んでゆく、
自然界の四季の変化が快楽であり
人間を嫌ふとき
山野には獣が彼等を歓迎した。
だが日本人たちは
この山野の獣たちにも
アイヌのやうに真に迎へられてはゐない、
日本人は狩猟が下手であつたし、
撃ちとつた獣の皮を剥いで
骨や死骸を平然と捨てさつたが、
アイヌたちは獣の骨を無数に
小屋の周囲に飾り立てた。

小熊　秀雄（おぐま　ひでお）
1901〜1940年。北海道生まれ。『小熊秀雄詩集』『流民詩集（心の城）』。詩誌「詩精神」、プロレタリア詩人会。旧・樺太（サハリン）、北海道旭川、東京などに暮らした。

早苗さんが語るアイヌの着物（抄）

矢口　以文（やぐち　よりふみ）
1932年、宮城県生まれ。詩集『詩ではないかもしれないが、どうしても言っておきたいこと』。詩誌「Aurora」。北海道札幌市在住。

紋様

これはおなかの紋様です
大腸も小腸もあります
女性の性器もあります
男性の性器もあります

私たちアイヌにとって幸せな時は
男性の持っているものと
女性の持っているものとが
優しくひとつになる時です
ひとつになる時間が
長ければ長いほど
幸せの度合いが
深いのです

アットウシ　一

イヨマンテの祭りの時に
父が矢を射って
熊の血がとびはね
父の着物に染み込みました
その父の着物をそのまま
模写したのがこのアットウシです

イヨマンテの祭りの時には
この着物は生き生きしてきます

アットウシ　二

ここの川を少し下って行くと
小さなコタンがあります
森に囲まれています
これはそこのアットウシです
そのコタンの人たちはみんな
同じ模様の
アットウシを持っています
昔から母系に伝わっています

勿論そのコタンでも
家族ごとに模様がみんな
少しずつ変わっています

しかし願いは同じです
もう少し川を下って行くと
やっぱり川沿いに
もうひとつコタンがあります
森に囲まれています

そこの人たちにも同じ模様の
アットウシがあります
前の村のものとは
模様が少し違います

そしてそこのコタンでも
家族ごとに模様が
少しずつ違うのです
願いは同じですけれども――

着ているアットウシを見れば
その人がどこのコタンの
どの家系のものか
分かる人には分かるのです

サクリ

これはサクリです
縞地の布に刺繍で
紋様を施したものです
着物の模様は
着る人の身を守ります
ていねいに作ると
悪魔が悪さをしません

着物がぼろぼろになると
普段着にして着ます
すると
着物はもうそろそろ寿命が来たな
自分の世界へ戻る頃だな
と悟ります

木の根元にそっと置きます
土に戻るのです

ルウンペ　一

これは百年前のルウンペです
老いていますが
風が森の匂いを
運んでくると
起き上がって
外を歩きたがります

北海道共和国のさびれた街を

北海道共和国のさびれた街を
幾つか拾いながら　歩いていく
幻想のこの街では　君はまだ生きていて
路地ごとに　一瞬の影　を残す

夏なのに　風花が舞うその路地の奥で
いまは猫の姿で　君は笑う
幽明境を異にして　なお
君を追い　君をおもう僕の迷妄

室蘭港の夕映え　死ではなく生を
投身ではなく　新たな生への投企を
あの日　僕たちは夢見ていた

その夢の果てを今　僕は歩く
北海道共和国のさびれた街を
幾つか拾いながら　歩いていく

神原　良（かんばら　りょう）
1950年、愛媛県生まれ。詩集『星の駅―星のテーブルに着いたら君の思い出を語ろう…』『オタモイ海岸』。日本現代詩人会、日本詩人クラブ会員。埼玉県朝霞市在住。

モルエラニ

大竹　雅彦（おおたけ　まさひこ）
1976年、東京都生まれ。詩誌「角」「果実」。東京都杉並区在住。

とりたてて
かたるべきことはないような
東京の一角の、夜
バーにはL字のカウンターがあって
そこにひとり、
笑顔の似合うひとが
客として座っていた

出身はモルエラニ、
小さい下りみち、
という意味のアイヌ語地名の
場所だと教えてくれた

その日、枕の上のわたしの両まぶたに
映っていたのは
海のそばでひかり輝いている
土地のイメージだった

人の減りゆく場所が
輝いているなどと何故にいえるのか？

なんとなれば
巡る時の死と変容を受けて
人びとの生きるかたちが変わろうとも
地のかたちはさして変わることなく
そこにたたずんでいるだろうから・・・

ひらけてくるような望みがそこに
きらきらと輝いていた

むかしのひとがつけた、
土地の名前とは
きっとそういうものだろう

そうしたことを知ることに
希望がありはしないか
夢の場所、モルエラニ*

＊モルエラニは「室蘭（むろらん）」の由来となったアイヌ語地名

平和の滝
――手稲山麓まで

この土地に名のある滝ではないけれども、それはそれは豪壮な流れを見せてくれるという小さな滝があると聞いて、わたしはある日出かけた。この北国に住みついてもうずいぶんになっていた。その名は平和の滝。時として突然、こんなふうにまるで故郷のない人間のように滝を訪れる。失った時間への明晰な愛惜を自覚する時間。もう考えるのはやめにしよう。その滝の音はどんな人間のかなしみもかき消してしまう。そういう人がこの滝には眠っていた。その反骨の系譜がわたしの興味を惹いた。

滝の名の謂われ、それはもちろん戦争をしない約束の土地。開拓の困難の名残りを象徴した祈り。荒れた土地は人の手によって耕された。川の流れ、滝の水、人々は慈しむように稲を植えた。静かな山間の樹木に囲まれた渓谷。清らかな流れの川へと歩く。まだ手つかずの原始林が残る。山裾には農家が点在していた。収穫の季節などはのどかな風景が広がった。

うっそうと茂る林を抜けて滝が落下する地点を目指す。ミズナラ、ブナ、ヤマブドウ、樹木の色づいた山麓。熊出没注意のテープと看板。滝の水の音が低くなった。渓流は弱い流れに変わる。傍らに、若い女性の銅板の碑が建っていた。戦前の治安維持法のもと、特高の弾圧、投獄そして拷問を受け、わずか二十代半ばの短い生涯を閉じた平和活動家、相澤良。もはや人の手が触れられないところに彼女は眠っていた。こくわとブドウの実が落ちている。滝の雫。彼女にふさわしい質素な墓標だった。

滝の音が大きくなる。岩肌に水滴があたる。水の雫。水煙。滝壺に水が落下する。轟音がする。渓谷のひんやりとした空気に包まれる。水と時間の流れ、死者も生者も存在する時間の連続写真、スピードを増す木漏れ日。

一瞬幻を見たような感覚。濃い霧が渦巻いた。すっくと立ち上がるその女性は、みすぼらしい姿で凛と立っていた。困難な人の生を励ますように立っていた。わたしは渇仰の思いで見た。瞬間、遠い昔、故郷でもう生をやめたかった時のことなどを思い出した。深閑とした渓谷の時間と森の香り。ふと見ると傍らに釣り鐘状の花が咲いていた。渓流の音が再び響きわたった。水の音は、無数の星たちの最期の大爆発のように砕け散った。

日野　笙子（ひの　しょうこ）
1959年、北海道生まれ。文芸・シナリオ同人誌「開かれた部屋」「雪国」。北海道札幌市在住。

根釧原野で

幻影のなかに兄弟がいる
雨と霧にまかれ
馬として生きている
あるいは

鹿として生きている
水鳥として生きている
花として生きている
湿原と丘陵の世界
わたしは視ている
いや　わたしは視られている
たとえば　鹿たちが
五頭連れだって
わたしを視ている
生きているのだ
五月でさえ荒涼とした世界
雪は　多くないと聴いたが
冬は　悲惨だ　悲惨そのものだ
しかし
すべての季節を通り抜けて
生きている
馬として
鹿として
水鳥として
花として
もちろん　ひとはひととして

谷崎　眞澄（たにざき　ますみ）
1934年、北海道生まれ。詩集『夜間飛行』『谷崎眞澄詩選集一五〇篇』。詩誌「パンと薔薇」「小樽詩話会」会員。北海道札幌市などに暮らした。

解説

現代の歌枕再発見
——歴史のインデックスとアイデンティティを保証する地名

金田久璋

一　出自と名前の土地

ぼく、ベルトルト・ブレヒト、その発生地はくろい森。
ぼくを、都会へ運搬してきたのはぼくの母で
当時、ぼくは胎内にいた。森の冷気はもとより
ぼくにしみつき、巣喰っていよう、ぼくのくたばる
日まで。

——ベルトルト・ブレヒト「あわれなB・Bについて」
（長谷川四郎訳）

「くろい森」はむろん南ドイツのバーデン＝ヴュルテンベルク州にある山岳地帯のシュヴァルツヴァルトを連想させるが、ブレヒト自身は同じくドイツ南部のバイエルン州アウクスブルク出身で、胎内の「くろい森」そのものに出自の地への強い思い入れが感じられる。大雑把に言えば、アウクスブルクも山脈を隔てた山岳地帯の「黒い森」の連なりにある。

わが身に引きつけて言えば、「ぼく、金田久璋、その発生地は若狭の照葉樹林の黒い森」で「森の霊気」はくたばる日まで巣食っているにちがいない。在所は、若狭湾に臨む福井県三方郡美浜町佐田。美浜町は昭和二十九年に四カ村が合併してできた町で、佐田は旧山東村の役場所在地。祖父は村長、群会議長を歴任した。荒れた海あり、川や五つの湖あり深山ありのまさしく山紫水明の地に地母神の呼び出しをうけて戦時下にこの世に生れ出た。昭和・平成・令和と激動の時代を可もなく不可もなく生き延びてきたというわけだ。多くの他人に助けてもらいながら、今は世間様に少しでもおすそ分けを喜捨できれば幸いというしかない。

さて、日本人の名字のおおよそ八割方は地名に由来するといわれている。わが家の「金田」姓もわたくしで九代目だが、おそらく金属地名の「金田」に由来するものと考えられる。全国にはさすがに金田市はないものの（市場の市ならあるかもしれない）、金田町や金田村はむろん、小字（小地名）の金田ならわんさとある。「金焼け」「金糞」（鉱滓）という小字があるように「金田」も赤そぶの金気臭い田地に由来するにちがいない。決して上田の部類には属せずあまり稲田にふさわしくない土地柄なのだろう。上総国埴生郡金田村が出自の地で桓武平氏の末裔などというのは、いわゆる権威主義、事大主義の歴書が説くことで、先祖は荒蕪地を開拓して生き延びてきたのである。

ましてや、「黄金の田」でも「金さんの田」でもない。

一時野球選手の金田正一さんが活躍されていた頃、いささか在日視されかねないきらいがあったが（決して軽侮されたわけではない）、一時紅白歌合戦の出演者の大半が在日の歌手、芸能人で占められていた（辛淑玉（シンスゴ）講演）頃から以降、韓国人の姓もたくさんあることが次第にわかり、理解がかなり深まったようである。ちなみに、韓国人の苗字は金・朴・李で四割超とのことだが、それ以外にも日本人にお馴染みの高や安、林、伊、森、永、孫、石、柳、松、玉、成、水、氷、杉、梅、木、米、今、南、橋、菊、君、葛、阿などなど、稲葉君山『朝鮮文化の研究（1）朝鮮の姓の由来』などにはざっと二〇〇件の苗字が網羅されている。意外なことに、長谷や藤井、小峰、武本、岡田などの二字の姓もある。むろん、在日朝鮮人が日本名を名乗るのは、いわゆる「創氏改名」によるかつての植民地支配の強制の産物なのはしかと銘記されてしかるべき事柄である。

ちなみに、日本人の多くは歴史的ヒエラルヒーからも大陸からの渡来人であることは史実と認められる。最近の研究によると、日本人のDNAは渡来系が九割で残る十パーセントが縄文人の血筋を引いているとされている。若狭は大陸に直面しているからなおさら渡来系を免（まぬが）れない。ただ、群内には有名な鳥浜縄文遺跡があり、中学校時に悪友たちと発見した今市遺跡は縄文後期の遺跡で、縄文の血はもう少し濃厚に受け継いでいるはずだ。わたし自身のうねるような詩の文脈は決して弥生的抒情ではない。時に、蝦夷やアイヌにつながる原生のいぶきが熱い血しぶきをあげている。

なお、共編者の「鈴木」さんも、佐藤・高橋・田中とともに日本人に多い苗字の一つだが、出自は熊野の饒速日（にぎはやひ）を遠祖にする豪族、穂積氏にさかのぼる由緒のある氏族で、穂積とはススキ、ツヅキ、すなわち稲積のことである。生稲を田に積み上げる穂積は収穫時の稲玉（コーンスピリット）の培養施設である。柳田国男の理解では、その稲玉が年神の宿る年玉ともなり一家の祖霊ともなる。ちなみに、出自の地、海南市藤白に鎮座する藤白王子社の千年楠は南方熊楠の名前の由来となっている。

ただ、苗字が一族を保証するものであっても、必ずしも血族にもとづく同族なのではない。なぜなら、かつては主家に仕えた作男や「下女」が結婚し分家を名乗る際に分家慣行として苗字を受け継ぐことが往々にして行われたからである。

また、苗字についての大きな誤解は、明治三年九月四日の太政官布達「今より平民の苗字、差し許さること」をもって、庶民の苗字が生まれたなどととんだ勘違いが横行していることで、それ以前は庶民たるもの単に公称できなかったにすぎない。日本人は古来土地の名前を背負って生きてきた。ことほどさように、いかなボヘミアンであろうともこの星にいる限り土地の桎梏を逃れることはできない。その霊威は生涯にまで及ぶ。極言すれば、地名がアイデンティティを保証する唯一のものだとも言ってもいい。

二　萃点（すいてん）としての地名の発見

さて、私どもの日本地名研究所の初代所長の谷川健一（民俗学者、歌人。谷川雁は弟）は、地名について数々の名言を遺した。四代目所長のわたしの発言などは所詮その受け売りに過ぎない。はたして、谷川健一は地名をどのように定義したか。五月二十二日に川崎市役所第四庁舎二階ホールで、日本地名研究所創立四十周年と谷川健一生誕百年を祝う全国地名研究者大会が開催されたが、その基調講演「谷川民俗学の現代的意義―萃点としての地名の発見」として、全集や著作の中から地名について の主要な谷川語録をほぼ網羅した（『第40回全国地名研究者大会資料集1・谷川民俗学の可能性―小さきものの声を聞く』）。その中から二、三引用してみよう。

いわく、「地名は大地に刻まれた人間の営為の足跡であ（略）」り、百科事典の索引である。地名という索引からは、民俗学、地理学、人類学、考古学、国文学などさまざまな分野にわたる知識が引き出される。地名には古代史を解く鍵がひそんでおり、地名はまた地上の遺跡や遺物の所在を暗示することはしばしばである。（略）地名が日本人としての証明や自己確認、つまり日本人のアイデンティティに不可欠のものであることが理解できるはずである。（略）地名は日本人が過去とつながっていることを証明するもっとも身近な民族の遺産である」（「地名は日本人のアイデンティティ」）。さらに、いち早く『日本の地名』を著し地名研究の端緒をつけた柳田国男について、つぎのようにのべている。

柳田国男は私たちの導きの星である。それは柳田が地名研究の先駆者であった、というだけではない。柳田の思想を基幹とし、その基盤に足を踏まえているかぎり、私たちは方向を誤ることはないと確信しているのである。柳田の全生涯の仕事は、ニヒリズムとのたたかいであったということを、私はようやく理解しはじめている。彼が地名という細部の文化に眼を向けたということは、国家と等身大の思想に対する大きな批判であった。地名は国家にはりめぐされた毛細血管である。その水も涸らさぬ毛細血管に接しているかぎり、私たちはニヒリズムに陥ることはないであろう」（『地名と風土』第二号）。

あるいはまた、南方熊楠のキーワードを引用して、「つまり、地名は萃点なのです。このことはまた、地名が学際的な萃点であることをも意味します。民俗学、歴史学、地理学、言語学、国文学―様々な学問が、地名を通して一つに結ばれます。地名を抜きにして成立する学問—歴史学も地理学も地名を抜きにして成立することはできません。地名を萃点—わかりやすくいえば扇の要、あるいは触媒として、これまで結びつくことのなかった学問を結びつけることが可能であると思います」として、「風土学」の提唱を試みるのである（「地名を通して、『地方の時代』を考える全国シンポジウム」）。なお、「萃点」とは、「「萃」は集まる、群がる。人間や自然世界の森羅万象はすべて、原因・結果の連鎖であるゆえに、その一場面を切り取るとすべての事象が集中する」（鶴見和子『南方熊楠』）とされている。

二大先覚者の核心的な思想を引用し、「事大主義批判や『経世済民の学』、近代の否定的媒体としての民俗とする柳田論はなんら目新しいものではないが、『地名という細部の文化に眼を向けたということは、国家と等身大の思想に対する大きな批判であった』との新たな視点を提起するのだ」（拙稿、『日本地名研究所通信』第九十九号）と谷川地名学の現代的意義を強調した。地名研究がニヒリズムとの戦いであるとだれが言い得ただろう。

三　現代の歌枕を編む

全国から寄せられた初の地名詩集の校正紙を手に取って、風土に寄せるみずみずしい原生のいぶきのような感動を、わたしは禁じ得ない。決して単なるノスタルジックな感情に揺るがされたわけではない。大小を問わず、日本の多くの地名は、主に漢字表記されているとはいえ、詩の核心であり命でもある比喩によって成り立っている。いわば地名はすべからく暗喩なのだ。

古くは蝦夷の言葉やアイヌ語も混入しているはずだ。その地に根差した言葉は土地の形状であれ、歴史的遺跡であれ、はじめてその土地に足跡を記した人間の原初的な感動と表現衝動の産物にほかならない。大いなる地霊と歌霊が巡り合った、鑽仰とコレスポンデンスを認めねばならない。

あるいはまた、南方熊楠のキーワードを援用して、いみじくも谷川健一がのべているように、「地名が萃点」にほかならないとしたら、どのような作品であれ地名を引例した作者の風土に寄せる詩的アイデンティティが濃密に込められているに相違ない。途方もなく流民化しつつある現代人の行方が危惧されている時代の先端で、今一度わたしたちの詩の寄る辺を侵食する現代のニヒリズムから回復しなければならない。さまざまな地名を手掛かりにして、豊饒なイマジネーションを羽搏かせることをせめて心がけたいものである。地名は歌枕として優れた詩人から再発見されることを待っている。

寄せられた全国の詩人たちの多彩、多様な作品については、残念ながら個々の詩について触れることが出来ない。編集人の鈴木氏の手腕にお任せすることにして、近年果敢に優れた地名関連の作品を発表している安水稔和氏の詩業を幾編か紹介したい。

氏はこれまで『地名抄』（二〇一八）『辿（たど）る』（二〇一九）『繋（つな）ぐ』（二〇二〇、いずれも編集工房ノア刊）の三冊の地名詩集を相次いで刊行されている。『繋ぐ』の「あとがき」によると、「三冊の地名詩集以前でも地名を題材とした詩は多く３００篇は超える。それに前々詩集の１００篇、前詩集の１０１篇、さらに本詩集の１０２篇を加えると地名詩は６００篇余となる」。実に壮観であり偉業と言わねばならない。まず『地名抄』の巻頭に置かれた「左右（そう）」はつぎの通り。

左は磯
海鳥（うみどり）の声さわがしく。
目地のかぎり
沖つ白波　走る黒雲

右は崖
駆けおりてくる突風。
粉雪まじり
雪中花のむせぶにおい。

縮む舌　乱れる息
震えるからだ　折れるこころ。
ことばになるまえのことば
崩れる意味　絶える息。

左右（そう）という村を過ぎて
海山（うみやま）の道をたどって行くと。
行く手にあらわれる黒々とした
あれは。

三冊の地名詩集の特徴は具体的な地名の所在地（行政名）は付記されていないが、「左右」は福井県越前町左右（浦）にちがいない。当町最北部で福井市旧越廼地区に隣接する。世帯数二十数戸、人口一四〇人余。海食崖下に小さな集落を形成し、第一種漁港左右漁港を営む。近くに越前岬灯台があり、冬季には「雪中花」、すなわち清冽な越前水仙が山麓や断崖に咲き乱れる。古くは道がなく、まさしく白波の打ち寄せる磯辺を「左右」に踏み迷う土地であった。

詩人はどこからか訪れて、突風に飛ばされそうになりながら、粉雪まじりの海岸を行き場を失って息絶え絶えに彷徨（さまよ）う。もしかすると、死が間近に迫っているかもしれない。危機感に襲われながら、つぶやく「ことばになるまえのことば／崩れる意味」とは、中原中也が死を賭してつかみ取った「名辞以前」の言葉そのものであり、いわばオブジェとして言葉のオリジンが顕現するのだろう。「行く手にあらわれる黒々とした／あれは」実存を脅かす不安の形象にほかならない。

　地名は大地に刻まれた人間の歴史遺産のインデックスであるとしても、あくまでも歴史探究の資料として有効なのであり、本然の詩は在来知や世情を離断して「名辞以前」に深く沈潜する。たとえば、歴史の故地、吉野を遊行して現代詩はどのような詩が可能だろうか。本歌取りの巧妙なレトリックはあまりにあまたの古典に薄汚れている。虚飾をはぎ取った素朴であることの原生のいぶき。そのもの。生産点に立つということはそういうことだ。

　著者は「あとがき」で「地名とは。」と問う。「過去の痕跡。記憶の堆積。現在の意識、いの／ちの発語。未来の標識、予感の音叉。／／地名とは。／光と風と雨と雲と波。雷と火と水と土と岩。／鳥と魚と犬と樹と人。／地名とは。／人に包まれる、あるいは人を包むもの。人の／内にひそむ、ときに溢れるもの。」なのであり、とりわけ「いのちの発語」を抜きにして詩はありえない。

　さて、もう一編、『繋ぐ　続続地名抄』から末尾の一編を引く。「楚堵賀浜風補遺」二編のうち「五所川原」。

　森田過ぎ
　山田過ぎ。
　家々倒れ伏し朽ちはて
　柱の跡のみ。

　木造過ぎて
　岩木川。
　網曳いて渡す渡しを渡り
　五所川原に宿取る。

　詩人は菅江真澄の「楚堵賀浜風」の足取りをたどり惨憺たるけかち（飢饉）の時代を回想している。ちなみに先日、奥津軽の旅で五所川原に二泊したが、長山洋子「望郷ひとり泣き」（作詩＝鈴木紀代、作曲＝西つよし）の「泣いてわかった　よりどころ／金木　中里　五所川原」「涸れた心に　しみて来る」の三連目でも繰り返される一節が思い出された。北島三郎の「風雪ながれ旅」や冠二郎の「旅の終りに」にしても北に連なる地名が情感を籠めて歌い上げられ、演歌＝現代歌謡の一節に深く慰撫されるのである。

　それにしても、なぜ日本人は「北」へ帰ろうとするのだろうか。「帰りたいけど帰れない」「帰れないけど帰りたい」恩讐の土地とはなにか。不思議と演歌には「南」への志向はみられない。もしかすると、DNA十パーセントの縄文や蝦夷、ひいてはアイヌの血が騒ぐのかもしれない。地と血と土が深い情念を育む。現代の歌枕再発見の土壌を大切にしたい。

（日本地名研究所所長）

解説　「無の場所」を名付けたい衝動を抱えた地名詩の試み

『日本の地名詩集――地名に織り込まれた風土・文化・歴史』に寄せて

鈴木比佐雄

《有が有に於てある時、場所は物である。有が無に於てあり、而してその無が考へられた無である時、前に場所であつた物は働くものとなる。而して空虚なる場所は力を以て満たされ、前に物であつた場所は潜在を以て満たされる。超越的なるものが内在的となるといふのは、場所が無となることである、有が無となることである。併し有の場所となる無に種々の意味がある。単に先づ或有を否定した無即ち相対的無と、すべての有を否定した無即ち絶対的無とを区別することができる。前者は空間の如きものであり、後者は所謂意識の野の如きものである。意識の野に於ては前に物であつたものは意識現象となり、空虚なる場所は所謂精神作用をもつて満たされる。場所がすべての有を否定した無なるが故に、意識の場所に於ては、すべての現象が直接と考へられ、内在的と考へられるのである。精神作用も無の場所との関係ではあるが、物力の如き有の意味を有することはできぬ、判断の対象として、限定することができるぬ、唯所謂反省的判断の対象となることができるのみである。》

（『西田幾多郎全集』第四巻（岩波書店）所収『働くものから見るものへ』の「場所」より）

1

地名とは、「場所」を名付ける人間の認識活動の言語化であり、ある意味で主観客観を超えてその地域の風土・文化・歴史を踏まえて認知されてきた言葉であるだろう。哲学者の西田幾多郎は百年前に「場所」という論考を記していて、引用された箇所は西田哲学の真髄を明示しているようにも思われる。西田のいう「有」とは主観や主語から見られた客観的で二元論的な存在や物なのだろう。それに反して「無」とは、主観客観を超えるかその背後にある世界を包み込むような述語的な主客合一の世界なのだろう。西田哲学はその思索的な言語にしか宿っていないのだが、西田の「場所」は、物としての場所ではない、「意識の野」に広がる人間の多様で根源的な精神活動が生み出したものと私には読み取れる。その意味で西行、芭蕉たち古（いにしえ）からの詩人たちが「歌枕」の場所に心惹かれて旅に向かい、それが叶わぬ場合は想像で実朝のように「歌枕」の場所を詠んだ作品を記したことも、現代の詩人たちの地名詩集の先駆者であることは確かなことだろう。

本書『日本の地名詩集　——地名に織り込まれた風土・文化・歴史』は、福井県の詩人・民俗学者・日本地名研究所所長の金田久璋氏が研究所の四十周年の記念として発案された。その金田氏と私の二人が編者となり、企画・公募し、また故人の優れた地名の詩篇を話し合い一四二名の詩篇を刊行したアンソロジーであり、その試みの意義や内容を紹介して行きたい。

地名とは、人間にとってある意味で多様な記憶の宝庫に違いない。私の場合も例えば東京下町の「南千住」という地名を口遊（くちずさ）めば、生まれ育った街の細部が想起されてくる。南千住駅には常磐線の貨物列車の最終駅である隅田川駅が併設されていて、常磐炭田の石炭を満載した列車を引き込んでいく広い車輛置場があった。と同時に隣接する「北千住」と言う地名も芭蕉が「おくのほそ道」に旅立った場所であることも想起されてくる。また父母の田舎の福島県いわき市の「薄磯」という地名からは、太平洋に面した塩屋埼灯台下の海辺の町の風景や人々が想起される。また特に母の実家があった薄磯地区は東日本大震災で壊滅的な被害となり多くの死者も出した。いまは浜辺近くは十メートルものかさ上げによって復興も進んだ。しかし津波で亡くなった人びとへの鎮魂と同時に、この「薄磯」という地名が巨大津波には無力であった危険な場所であることも語り継がれていかねばならないだろう。この地区で半農半漁の暮らしをしていた先祖たちがなぜ「薄磯」という地名を付けたのか。そこにはもしかしたら津波などへの危険を示す意味があったのかも知れない。地名にはその地域の風土・文化・歴史や古代からの重層的な世界を喚起させる重要な役割がある。詩人はこだわりのある場所から「地霊」又は「地の精霊」（ゲニウス・ロキ）を感受してそれを手掛かりに実は魅力的な詩を生み出す。しかし多くの詩にはその地名を詩人は消してしまう傾向があり、地名を入れた詩は少数になってしまうのだろう。詩人たちは故郷や異郷での地名をあえて隠して、その場所から触発された固有の体験を普遍化しようと試みる。詩は説明をせずに地名や固有名を韜晦し謎を残し想像力で読んで欲しいと願っているのかも知れない。そうすると土地や場所のイメージが読者には分かりにくくなり、詩が読まれない一つの要因になっているのかも知れない。地名を隠すことは、土地や場所に親しませそれを喚起させる働きを奪う恐れがあり、詩を例えば地域性を排除したモダニズム詩的なものに収斂させて貧しくさせる可能性がある。それは方言や故郷の地名を使用する地域社会の共同性を脱して、都市に集まる人間にとって故郷を隠すことで成立する都市での暮らしがあるからだろうか。しかし都市もまた小さな場所から成り立っているのでありそこにも地名の宝庫が隠されている。故郷にまつわる地名の様々な記憶や伝承や山里の暮らしなどは、その土地や場所で生きるものたちにとって、地域社会を持続するための真の智恵の宝庫になりうるはずだ。科学技術は山河や大地や海辺などを均質に捉えるのではなく、場所から促された地名の膨大な智恵を将来のリスク管理や新たな地域作りの基礎データとして活用し、人間と多くの生物たちを生かし共存し持続可能な社会を目指すために活用されるべきだろう。

　地名を入れて詩作することは、その地名に秘められている、その地で生きた先祖や多くの民衆の歴史・文化の深層を呼び起こすことだろう。また、自然を開発し多様な生物が生きてきた場所を収奪して均一化して成立してきた近代・現代社会の科学技術の問題点は、地球の危機を引き起こし、他の生物との共存関係を求められている。そのような意味で地名という土地と場所の記憶を再認識しその差異を豊かに感じて生きることは、持続可能な未来を創造するためにも今日的意味があることだろう。また古代からの歌枕で読まれる地名は、例えば福島の「白河の関」などは、西行や芭蕉などの詩歌の作家たちを東北に誘ってきた。この異郷へ憧れこそが詩歌の歴史を作ってきた詩的精神だともいえる。このことは初めに引用した西田幾多郎の記した「精神作用も無の場所との関係ではある」との言説は、詩人たちがなぜ地名詩を書くのかという問いの有力な示唆になるのかも知れない。詩人たちは「無の場所」を名付けたいという衝動を絶えず抱えながら詩作を続けているのだろう。

2

　一四二名の詩篇は地域別に七章に分けられた。これらの詩における地名に込めた作者の思いを限定的だが紹介して行きたい。

　第一章「沖縄・奄美の地名」は山之口貘の詩から始まる十二名の詩篇が収録されている。

　山之口貘の「芭蕉布」は「暑いときには芭蕉布に限る」という「母の言葉」から「沖縄のにおい」を懐かしむ。**八重洋一郎の「通信」**は「石垣島の白保・竿根田原（さおねたばる）に埋まっていた頭蓋骨」が「二万年前の人骨」だと突き付ける。**かわかみまさとの「与那覇湾」**は「蘇鉄地獄は／島から追放された」が、「化学肥料で色あせた赤土は／年を追ってやせ衰える」と土地の劣化を危惧する。**佐々木薫の「哭きうた」**は「戦後13年、摩文仁の丘に立つ兄がみたものは……／紺碧にひろがる大海原」と兄を偲ぶ。**うえじょう晶の「辺野古ブルー」**は「4万5千の民衆が奥武山に集い／「NO辺野古新基地」の／メッセージボードを揚げ」る。**中地中の「シマ宇宙」**は「久高は神のシマ」で「琉球弧のシマジマから／漂浪の魂が集い／恩寵を授かるシマ」の来歴を語る。**伊良波盛男の「池間（イキマ）」**は「じつに誇らしくも偉大なるイキマよ！／まさにンヌツニー（命根）の島だ」と地霊を示す。**高柴三**

聞の「うろうろうろ」は那覇が「日本のどこにもないアジアの香りに溢れて」いることを伝える。与那覇恵子の「沖縄から　見えるもの」は「沖縄の空を　アメリカの轟音が切り裂いていく」ことから、「したたり落ちる／血」を幻視してしまう。日高のぼるの「いのちの木――渡嘉敷島にて」では「渡嘉敷　阿波連　渡嘉志久の三つの集落からなる」その谷あいが「住民虐殺」の現場となった。鈴木文子の「ニライカナイ」は「「ウフ」は大きい「アガリ」は東」と南大東島の地名を身近にしてくれる。田上悦子の「上空から」は「母の故郷　奄美大島西古見村の人口」が戦前の一四〇〇人から現在では三五人に激減しているという。

　第二章「九州の地名」は伊東静雄など十三名の詩が収録されている。

　伊東静雄の「有明海の思ひ出」では「泥海ふかく溺れた児ら」らの悲劇を「しやつぱに化身をした」と物語る。谷川雁の「阿蘇」は「神が　かつていじくった途方もない土器」だと表現する。杉谷昭人の「日の影」は「日の光を／日の影とはじめて呼んだ／そのとき／わたしたちのかたわらを／すばやく駆けぬけていったものがあった」と地名の誕生する霊感に肉薄する。門田照子の「無刻塔」は「西蓮寺の脇ん曲がり角ん所じ待伏せしちょったんじゃ」と無理心中する若い男女の情念を刻む。南邦和の「浅ケ部」は「農夫が　消防士が　セールスマンが／神々に変身する」という「浅ケ部は忽ち聖地」になる。高森保の「末盧・松浦」は「末盧がまつろわぬ非服従を意味したように反原発の生き方に共感するもの」を問いかけてくる。福田万里子の「柿若葉のころ」は「柿もぐと樹にのぼりたる日和なり／はろばろとして背振山みゆ」と亡父から遺言のように伝えられた。浅見洋子の「十二月の菜の花畑」は「茶褐色の大地が　埋め立てられた／水俣湾／／朝日に輝く　水俣の海が／目前に拡がることを　思い描く」と水俣湾を鎮魂している。働淳の「三つの池」は「三池炭鉱のあった大牟田市の東に三池山という山がある／その山頂には今でも三つの池があり」とその由来を記す。宇宿一成の「降り注ぐ灰に撃たれて」は「―燃えて上がるはおはらハァ桜島／降り注ぐ灰に撃たれて」と桜島のおはら祭りを伝える。志田昌教の「苧扱川」では「いつの時代も貧しい女」は「商品として生きることしか許されなかったのか」と遊郭の女たちを地名に読み取る。宮内洋子の「をとめ　づき」は「深い闇から　魔の触手」を振り払うように「獣道を月が　照ら」した月を「乙女月」と名付けたという。後藤光治の「命日」は「松山ん窪では死者たちが／坐棺の中で膝を抱き／礼儀正しく座っている」と村の墓所に父を葬る。

第三章「四国・中国の地名」は大崎二郎など二十名の詩が収録されている。

大崎二郎の「火」は「三椏。／仁淀川の／深みゆく山のわきの／その渓谷を遡ってゆく」と土佐の様々な村が広がる。片岡文雄の「山鬼　土佐国本川郷「寺川郷談」による」は「山鬼とはたれのたましいですろうか」と土佐の魂を問う。林嗣夫の「詩集『四万十川』二、かたい苔がこびりつき」では「幡多郡十和村立石」の四万十川の山奥から墓を高知市内に移す時に、少年の頃に病死した牛が脳裏に甦ってきた。山本衞の「讃河Ⅰ　誕生」は「四国カルストの大地は／壮大な宇宙設計事務所の／叡知の展示場フロアだ」と俯瞰する。永山絹枝の「足摺岬の野菊」は「アシズリノジギクの白い花／アゼトウナの黄色い花」を「小児麻痺を患っていた」少女からもらった。近藤八重子の「天狗高原」は「右は愛媛県／左に高知県の山並が／眼下に広がる天狗高原」を眺めて魂は無に変わる。／時には／雲海が山並みを覆い／天狗高原は雲の上」。水野ひかるの「法然寺晩秋抄」は「涅槃堂で出会った／大きな寝釈迦の像／蝸牛や蝙蝠など」を畏怖する。大倉元の「祖谷の水」は「平家の落人が居を構え／父やん　爺やん　先祖代々と／多くの命を支えてきた」水音を感じている。山本泰生の「「第九」の空」は「今年も六月初めの日曜日」に「記念のドイツ館のある鳴門で」、平和を願い「第九」演奏会が開かれる。山口賢の「江舟」は「江舟太郎は日本海にそそぐ阿武川を遡り／袋小路の盆地を切り拓いた／その川が江舟川、その山が江舟山だ」そうだ。峠三吉の「仮繃帯所にて」は「焼け爛れたヒロシマの／うす暗くゆらめく焔のなかから／あなたでなくなったあなたたちが／つぎつぎととび出し這い出し」てくる。原民喜の「原爆小景（抄）」は「ヒロシマのデルタに／若葉うづまけ／／死と焔の記憶に／よき祈よ　こもれ」と祈念する。長津功三良の「わが基町物語　五」では「いびせかったけぇ（こわかった）／ピカのこたぁ　おもいだしとぉないけんねぇ」と指が癒着した小母さんは涙を見せずに語るのだ。天瀬裕康の「呉と呼ばれる港町」は「呉は呉の人が　住み着いたから「呉」になったのだ」と「前世の記憶」を語りだす。くにさだきみの「「岡山空襲」の記憶から」は『岡山空襲』は／――不謹慎だけど　あえて言うなら――／背筋も凍る軍国の／心に受けた　被災の「花びら」」だと痛みを語る。今井文世の「六島」は「小さな船着場へ下りると／冬の陽の降りそそぐ墓の群れが／海に向かって立ち並び／島に入る者を　最初に迎える」と死者の眼差しを感受する。坂本明子の「吉備野」は「人から人へ／こころのとどかないことも／吉備野に沈む古代の時間に／ふくまれていて」と地霊が甦るのだろう。洲浜昌三の「石見銀山大森　仙の山」は「山頂「石銀」には「石銀山上六千軒」の言葉が残り／一六世紀のポルトガル地図に「銀鉱山王国」と書かれ」て西欧に知られていた。**永井ますみの「大山山麓地へ入植」**は「瀬戸内海を渡り伯備線に乗った／空軍米子基地のあった葭津へ向かった」母の入植を辿っていく。**中村真生子の「この空こそ冬の空」**は「太平洋側から来た人は／「山陰の冬は重苦しい」という」が、「この空こそ、冬の空」こそ山陰そのものだと伝える。

第四章「関西の地名」は谷川俊太郎など十七名の詩が収録されている。

谷川俊太郎の「鳥羽」は「風は私の内心から吹いてくる／鳥羽は既に一望の荒野／乾いた菓子の一片すら／犠牲の上にしかあり得なかった」と「飢えながら生きてきた人」に思いを馳せる。**小野十三郎の「大阪の木」**は「火をくぐって／一本の銀杏の木が育つのを見た／大阪の堅い土に根をはり」と大阪大空襲に遭遇した木を同志のように感じている。**美濃吉昭の「大和国の娘」**は「大和の国／伊勢街道に沿って走る急行へ／黒いいでたちの娘／が、乗ってきた」時に、タイムスリップし「壬申の乱」を想起してしまう。**桃谷容子の「平城宮跡のトランペット」**は平城宮跡で「あなたは銀色のトランペットを高らかに青空に向って吹き鳴らしていた」と寄り添えなかった恋人を想起する。**安水稔和の「神戸　はじまりの歌」**では「あの人はわたしのなかで微笑んでいる／わたしが忘れないかぎり」と生死を超えた関係を見詰めている。**川口田螺の「神戸大震災」**は「１９９５年1月17日未明、阪神淡路大震災が発生した」が、六日後にやっと神戸の街をさ迷い街の瓦礫に怨念を感じ取った。**江口節の「印南野」**は「印南野／鬼の多い地だった／野中の清水／地図を広げれば／神戸市西区岩岡町野中／ほそく清水川が流れている」と狂言「清水」から触発されて記された。**狭間孝の「ハナミズキ」**は「諭鶴羽山からの突風に／三原平野の稲穂の青が／扇のように広がり／海へと通り抜けていく」と故郷の山河を語る。**間瀬英作の「兵庫県芦屋市、第三チームはどこへ消えたのか。」**では「弁当代わりに水筒持参の子がいた。粥を入れていたのだ。食事時間、黙って姿を消す子もいた」と貧しい家の「第三チーム」に自分がいることを誇りに思っている。**真田かずこの「マキノの虹」**は琵琶湖の「日々遠のき近づく／竹生島」を慈しみながら暮らしている。**下村和子の「湖北の水」**は「湖に陽が差すと　湖水はゆっくり歓喜の踊りを舞いはじめる　暖められて　藍が湖底から浮き上がり光りはじめる」のだ。**淺山泰美の「旅路」**は「父の故郷は／近江富士の麓／湖北　長浜市八幡中山／生家は村の八幡宮のそばにあった」と父の出身地に思いを馳せる。**草薙定の「根本中堂」**は「開山以来連綿と灯し続けてきた「不滅の法灯」の光」を見詰めた宮沢賢治と父の足跡を思い遣る。**北條裕子の「補陀落」**は「ここにいるよ／ここにいるよ／ささやく声が聞こえて」と愛する死者との対話が記されている。**武西良和の「高畑という地名」**は「高畑という土地の名は／底を流れる貴志川から遠く離れ／山頂の畑に鍬を担いで／農夫が坂を登るところから来ている」という。**秋野かよ子の「鬼―白崎海岸の辺り」**は「怒りの鬼は歯ぎしりをたて　人々を海へ放り出す／すぐそこは稲叢「稲むらの火」を伝えた」と津波から命を守る知恵を伝えた。**安森ソノ子の「霊は京都で」**は「水鳥と霊と私／再会する場所は京都の鴨川」と京都の千数百年のただならぬものを記している。

第五章**「中部の地名」**は浜田知章など二十五名の詩が収録されている。

浜田知章の「閉された海」では「風雪の忍従を流してきた鴉の群だ。／一九五三年／内灘の揮発した夏空を覆う」。**前川幸雄の「縄文の里」**では「九頭竜川は／（略）／古名、崩れ川の転かといい、上流の湖に眠る龍が暴れ下ったという伝説もある」。**出雲筑三の「信濃川」**では「越後三山　八海山／令和の少年少女は境をこえ／ギンヤンマは稲穂に遊ぶ」。**阿部堅磐の「惟神の徒」**では「清津峡を右に眺め／／ホテル近くの高台から／懐かしい山／雪の八海山を仰ぐ」。**片桐歩の「美ヶ原台地」**では「ピンクのヤナギランが咲く山道を／下って登ると／王ヶ鼻の岩壁の上に立つ」。**小山修一の「伊豆半島」**では「伊豆山　熱海　錦ケ浦　来宮　伊豆多賀　網代／（略）／歴史を秘めた宝石のような地名」。**宮田登美子の「帰郷」**では「魚津駅を出て左に曲がると昔ながらの細い道だった。生家のあった仏田に向かった」。**こまつかんの「湖畔の詩人　野澤一　～四尾連湖（山梨）～」**では「龍が　山の腹に片足をつき／飛び跳ねた跡にできた湖水だろうか」。**鈴木春子の「河津桜物語」**では「桜前線が／沖縄から始まる頃／伊豆半島の東海岸にある河津町から／桜祭りの話題が聞こえ始める」。**長谷川節子の「風そよぐ「小垣江町」」**では「ゼロメートル地帯　軟弱な液状化地盤／危険地帯の赤い色付けした地図は／配られてはいるけれど」。**井崎外枝子の「母よ　手取湖の村へ」**では「丸ごと村は沈んだ／いくつもいっしょに消えていった」。**徳沢愛子の「加賀友禅流し」**では「男川で産湯をつかった鐵山さんは／代々引染職人　胸まであるゴム長靴が似合う」。**谷口典子の「刀利」**では「「トウリ」はアイヌ語で／「山の上の湖」という／石川県と富山県の境の／人も訪れない深い山の頂にあった」。**清水マサの「桜　散る中で」**では「平成の大合併により／出生は新発田市　成育は新潟市江南区袋津／現住所は江南区北山となり」。**植木信子の「佐渡島」**は「順徳上皇　日蓮　世阿弥／佐渡人は都人を敬意をもってもてなし都の文化を継承した」。**古賀大助の「数河峠」**では「峠はすっぽり白く包まれるだろう／ぼくはハンスとみつめる／眺望のきかない雪の峠をみつめる」。**関章人の**「**浜みち**」では「揚浜塩田や地引網など　村人が通ううちに／曲折しながら道が生まれ　浜みちと呼んできた」。**黒田不二夫の**「**紫の稜線**」では「足もとから山まで続く稲田、を抱える村々が点在する／妙金島、坂東島、「島」とつく名前の村が今なお残る」。**上坂千枝美の**「**夕暮れのタウントレイン**」では「北鯖江駅は無人駅／まばらな人の流れ／少し疲れた顔で／目が合って小さく笑う」。**渡辺本爾の**「**一乗谷に在りし**」では「戦国時代朝倉五代の百有余年／その影の向こうに／ときが流れそして動いた」。**有田幸代の**「**菜の花**」では「父の家の近くを通ると／九頭竜川の土手に広がる／一面の菜の花に驚いた」。**龍野篤朗の**「**四か浦の道**」では「四か浦の道は海の道と山の道の出会い／大樟から新保、宿を通り織田へ抜ける」。**西畠良平の**「**一乗の夢　まぼろしの如く**」では「攻め追い立てられた人たちは／一乗の想念の谷から　韜晦し／北之庄の地で　医薬や商いを生業として街を支えた」。**千葉晃弘の**「**住所**」では「この駅で空襲に遭い父を残して母子三人は／女駅員と江端駅まで線路沿いに逃げ伸びた」。**山田清吉の**「**だんだんたんぼ**」では「あれが十日月田　あれが日光菩薩田／あの長い大きい田は寝釈迦さんです」。

第六章の「**関東の地名**」の西脇順三郎など二十七名が収録されている。

西脇順三郎の「**二人は歩いた**」では「玉川の上水でみがいた色男とは江戸の青楼の会話にも出てくること」。**金子光晴の**「**東京哀傷詩篇**」では「ニコライのドームは欠け、神田一帯の零落を越えて／丸の内、室町あたり、業火の試練」。**高見順の**「**青春の健在**」では「私はこの川崎のコロムビア工場に」勤めたことがある。**鳴海英吉の**「**横浜・六月は雨**」では「そこで　一人の娘さんが死んだのです」。**茨木のり子の**「**根府川の海**」では「根府川／東海道の小駅／赤いカンナの咲いている駅」。**新川和江の**「**犬吠埼の犬**」では「何を投げてやったら／気をしずめてくれるのだろう」。**大岡信の**「**地名論**」では「名前は土地に／波動をあたえる／土地の名前はたぶん／光でできている」。**金田久璋の**「**虚実の桜**」では「千鳥足で　千鳥ガ淵を／引かれ者の小唄を歌い」。**うめだけんさくの**「**コンビナートの見える海**」では「対岸の大黒埠頭／その先に子安、鶴見、川崎がある」。**大掛史子の**「**呑川**」では「呑川駒沢支流は蒼籠もる延々三十キロの桜隧道」。**青柳晶子の**「**半月峠**」では「立木観音を通り過ぎ　中禅寺湖や男体山を一望」。**大塚史朗の**「**産土風景**」では「朝日の昇る赤城山／夕日の落ちる榛名山」。**神田さよの**「**言問橋**」では「ひとりの老婆が／たもとの慰霊碑に／仏花を供え念仏を唱えている」。**山口**

修の「つづら折れの記憶」では「降り止まぬ雨に下山を強いられた／蓬峠からのつづら折れ」。ひおきとしこの「土合の地下道を踏んで　谷川連峰」では「眩い　朱い光　聳え立つ　谷川連峰の勇姿」。山﨑夏代の「埼玉県寄居町　縄文の地」では「寄居とは寄り集まる場／人間の　動物の　鳥　虫　草　木／水も　風も光りも」。水崎野里子の「吉祥寺の子守り唄」では「吉祥寺の駅裏に闇市の跡があったと」。志田道子の「神田明神下の日溜まりで」では「おばあちゃんが／「ショーウィンドー」に飾られてる」。田中眞由美の「武蔵郡新倉の里で」では「河岸段丘のふもとには／縄文人の里があり」。岡本勝人の「筑波山から東北をみる」では「上野をさまよって奥羽を透視する／筑波から東北がみえる」。鈴木比佐雄の「朝露のエネルギー　──北柏ふるさと公園にて」では「二〇〇㎞離れた核発電所からセシウム混じりの雨が降った」。宮本早苗の「明大通り」では「一匹のミンミンゼミが制圧している」。古城いつもの「大田稲荷大明神」では「どっちが法華経寺で／どっちが木下街道で／どっちへ行けばうちに帰れるのか」。石川樹林の「国立～詩と喫茶も「共に生きる」」では「ネオンの街にならぬよう／子どもたちを　まもったまちのひと」。堀田京子の「望郷のバラード」では「浅間の山に積もる雪／上毛三山空っ風」。高田真の「狭山湖逍遥　1」では「樹齢四、五百年ほどの神々が笑う」。葉山美玖の「浦和23時」では「トマトスープ缶が／24時間働け！と嘯いている」。

第七章の「東北・北海道の地名」は宮沢賢治など二十八名が収録されている。

宮沢賢治の「五輪峠」では「あゝこゝは／五輪の塔があるために／五輪峠といふんだな」。高村光太郎の「樹下の二人」では「あれが阿多多羅山、／あの光るのが阿武隈川」。村上昭夫の「岩手山」では「笑気のたつ奥羽の湿地原／魂を凍らせてやまぬ奥羽の大雪原」。寺山修司の「誰か故郷を想はざる」では「私は一九三五年十二月十日に青森県の北海岸の小駅で生まれた」。真壁仁の「蔵王に寄す」では「静かなる激情の山　蔵王蔵王よ」。若松丈太郎の「夷俘の叛逆」では「七七六（宝亀七）年、志波・胆沢の蝦夷が叛逆する／七七七（宝亀八）年、蝦賊叛逆、出羽軍が敗れる」。亀谷健樹の「岩偶のわらい」では「岩偶の化身　さながらの／縄文のわらい　そこぬけのあかるさ」。根本昌幸の「わが浪江町」では「杖をついても／帰らなければならぬ。／わが郷里浪江町に」。みうらひろこの「歴史をつないで　──武士の夏」では「相馬の郷人たちが心を燃やす夏の祭り／相馬野馬追」。前田新の「会津幻論　──サトゥルヌス」では「会津という土地に／生まれ育ち／七十余年を生きてきた」。うおずみ千尋の「菊多浦─わたしの海」では「あの大海原に渦巻いた　灼熱の想い」。**齋藤貢の**「**野に春は**」では「阿武隈の山脈を吹き渡る風は／小高にも／浪江にも／双葉や／大熊の町並みにも」。**金野清人の**「**五葉山**」では「五葉山のふもとの山里／平山集落で／私は生まれ育った」。**斉藤六郎の**「**大地震**(おおじしん)」では「おじいさん・おばあさんの故郷は　双葉町両竹(ふたばまちもろたけ)」。石村柳三の「**わたしの夢飛行**　――津軽のけっぱれ人生」では「けっぱれとは頑張れや努力しろ」の応援歌だ」。**安部一美の**「**避難する日**」では「陸沖でM九・〇の東日本大震災発生／郡山市は震度六弱の大揺れ　死者一名」。**前原正治の**「**凍鶴**(いでづる)**のように**」では「しほがまの浦こぐ舟のつなでを切り」。**北畑光男の**「**救沢の風**」では「岩手県下閉伊郡小川村救沢(すくえざわ)の風である」。**東梅洋子の**「**一杯のコーヒー**」では「大槌の中心あたりに／花やしきがある／ドアを開けると／鈴がなる」。**佐藤秀昭の**「**花一揆**」では「種山ヶ原では／去年の芒がゆれている」。**成田豊人の**「**伊勢堂岱**(いせどうたい)**異聞**」では「北面に田代岳、十ノ瀬山、烏帽子岳、駒ヶ岳」。**宮せつ湖の**「**雪の葬列**」では「磐越西線に乗り／猪苗代(いなわしろ)湖へ向かう」。**小熊秀雄の**「**飛ぶ橇**」では「世間では津軽海峡のことを／『塩つぱい河』といふ」。**矢口以文の**「**早苗さんが語るアイヌの着物**（抄）」では「そのコタンの人たちはみんな／同じ模様の／アットウシを持っていいます」。**神原良の**「**北海道共和国のさびれた街を**」では「室蘭港の夕映え　死ではなく生を／（略）／あの日　僕たちは夢見ていた」。**大竹雅彦の**「**モルエラニ**」では「小さい下りみち、／という意味のアイヌ語地名の／場所だと教えてくれた」。**日野笙子の**「**平和の滝**――**手稲**(ていね)**山麓まで**」では「拷問を受け、わずか二十代半ばの短い生涯を閉じた平和活動家」。**谷崎眞澄の**「**根釧原野で**」では「たとえば　鹿たちが／五頭連れだって／わたしを視ている／生きているのだ」。

　以上の全国の詩人たちのその場所や地名に込めた多様で豊かな試みを折に触れて読んでほしいと願っている。

編註

1.『日本の地名詩集――地名に織り込まれた風土・文化・歴史』を公募した趣意書は左記のようだった。

例えば突然、サン＝テグジュペリの『星の王子さま』の作者と思しき操縦士が、不運にも茫漠としたサハラ砂漠のような空間に不時着した場合に、どのように自分の位置を確かめることが出来るのか。たぶん計器は役立たず、星座の動きもあてにはならない。とりわけ、砂嵐が吹き荒れ、周囲の地形や形状も刻々と変わる流砂地帯では確固たるものは何もない。その不安と恐怖、錯乱は計り知れないのではないか。翻って私たちが住まいをする日本のことを考えると、いかに風土に根付いた地名が自分の立ち位置を確認し、いわば自己のアイデンティティーを保証する有力なアイテムの一つであることがわかる。約九割を占めるという名字と地名の関連も興味深い。

日本の地名は、公称、通称、私称も含め三密状態といえるほど、全国いたるところに大小の地名が張り巡らすように分布している一方、これまで地名にまつわる歴史的意義や民俗文化をいささかおろそかにしてきたきらいがないわけではない。とりわけ、市町村合併や圃場整備において生活文化が根付く無数の大小の地名が抹殺されてきた。

世界に誇る日本文化の粋ともされる古典文学においても、地名は各地の歌枕として古代から詠み込まれて、「百人一首」や短詩系文学のなかで今なお親しまれている。宮沢賢治、高村光太郎、谷川俊太郎、大岡信、安水稔和、杉谷昭人をはじめ、現代詩につながる明治以降の詩作品においても、地名は多様に詩の中で歌いこまれ、多くの日本人に愛唱されているものも多い。風土と地名は詩人の豊かな情操を育んできたいわば母胎である。地名と言う言語を通してへその緒のように詩人は深く風土とつながっているのである。言うまでもなく多くの地名は比喩でできている。誰が名づけたのか、その発語の根拠を問い、折々の喜怒哀楽が込められた、地名にまつわる詩を網羅することで、豊饒な日本語の万華鏡の世界が繰り広げられる。地名の小宇宙がそこにある。

民俗学者で歌人の谷川健一が立ち上げた、日本地名研究所は来春創立四十周年を迎える（ちなみに、二〇二一年は谷川健一生誕百年に当たる）。五月二十二日には川崎市で記念シンポジウムが企画されている。この機会に、あらためて日本の地名の歴史的、文化的意義を再確認し、併せて地方創生の趣旨を根底から問うべく、『日本の地名詩集』の刊行を日本地名研究所とコールサック社が力を合わせ、また地名に関わる古典的な名詩を収録するだけでなく、全国の現役の多くの詩人の参加とご協力を求めたい。

① 日本全国の地名・山河名などをタイトルにしてそ

の場所の暮らしや風土性を浮き彫りにする作品

②詩作品の中に地名・地域名が出て来て、その場所で生きる人びとの暮らしが表現される作品

③地名などに込められ歴史的な意味を掘り起こし、さらに想像的にその意味を深化させていく作品

2．公募・編集の結果一四二名の作品を収録した。

3．編者は、金田久璋、鈴木比佐雄である。

4．詩集は文芸誌「コールサック」104号・105号・106号での公募や趣意書プリント配布に応えて出された作品と、編者から推薦された作品で構成されている。

5．詩集・雑誌・オリジナル原稿の作品を底本として、現役の作者には本人校正を行なった。さらにコールサック社の座馬寛彦・鈴木光影の最終校正・校閲を経て収録させて頂いた。

6．略字は基本的に正字に修正・統一した。

7．旧字体、歴史的仮名遣いなどは作品によって適宜新字体、現代仮名遣いへ変更した。

8．また収録作品に関しては全国の詩人や関係者から貴重な情報提供やご協力を頂いた。

9．松本菜央が装幀を担当した。

10．本詩集の作品に共感してくださった方々によって、集会等で朗読されることは大変有り難いことだと考えている。但し、朗読会や演劇のシナリオ等で活用されたい方は、入場料の有料・無料を問わず、二ケ月前にはその作品の著者名とタイトルをご連絡頂きたい。著者や著作権継承者の許諾をコールサック社が出来るだけ速やかに確認させて頂く。また、ひと月前には、著者の氏名や作品名入りの当日のパンフレット案やポスター案と著者分の入場チケットかそれに代わる書類をお送り頂きたい。それらをコールサック社から著者や著作権継承者たちに送らせて頂く。書籍への再録及び朗読会や演劇の規模が大きい場合で、著者への印税が発生するケースやコールサック社の編集権に関わる場合も、遅くとも二ケ月前にコールサック社にご相談頂きたい。

11．本書が日本の地名に関心を持ち、詩を愛する多くの人々に読まれ、地名の深層に宿る豊かな地の精霊（ゲニウス・ロキ）を共に感受し、考えて頂ければと願っている。

編者　金田　久璋
鈴木比佐雄

編者略歴

金田久璋（かねだ　ひさあき）

1943年、福井県三方郡山東村佐田（現美浜町）に生まれる。福井県立敦賀高校卒業後、国家公務員（郵政）となる。谷川健一に師事し民俗学を専攻。国立歴史民俗博物館・日本国際文化研究センター共同研究員・日本民俗学会評議員・福井県文化財保護審議会委員等を歴任。現在、日本地名研究所所長。日本現代詩人会・日本詩人クラブ会員、「角」「イリプス」同人。著書に『森の神々と民俗』『稲魂と富の起源』（白水社）、『言問いとことほぎ』『鬼神村流伝』『理非知ラズ』（思潮社）、『賜物』（土曜美術社出版販売）、『リアリテの磁場』（コールサック社）、『あどうがたり』（福井新聞社）ほか共著多数。

鈴木比佐雄（すずき　ひさお）

1954年、東京都生まれ。祖父や父は福島県いわき市から上京し石炭屋を営んでいた。法政大学文学部哲学科卒。詩集に『日の跡』『東アジアの疼き』『千年後のあなたへ』など11冊。詩論集に『詩人の深層探究―詩的反復力Ⅳ』『福島・東北の詩的想像力―詩的反復力Ⅴ』など5冊。編著に『原爆詩一八一人集』『大空襲三一〇人詩集』『少年少女に希望を届ける詩集』『沖縄詩歌集』『東北詩歌集』『アジアの多文化共生詩歌集』など多数。日本ペンクラブ、日本現代詩人会、日本詩人クラブ、宮沢賢治学会、藍生俳句会各会員。㈱コールサック社代表。

日本の地名詩集　――地名に織り込まれた風土・文化・歴史

2021年 9月16日　初版発行

編　者　金田久璋　鈴木比佐雄
発行者　鈴木比佐雄
発行所　株式会社 コールサック社
〒173-0004　東京都板橋区板橋 2-63-4-209
電話 03-5944-3258　FAX 03-5944-3238
suzuki@coal-sack.com　http://www.coal-sack.com
郵便振替　00180-4-741802
印刷管理　（株）コールサック社　製作部

＊装丁　松本菜央

ISBN978-4-86435-494-3　C0092　￥1800E